Eva Baronsky

Magnolienschlaf

aufbau

Eva Baronsky

Magnolienschlaf

Roman

aufbau

ISBN 978-3-351-03338-5

Aufbau ist eine Marke der Aufbau Verlag GmbH & Co. KG

1. Auflage 2011

Dieses Werk wurde vermittelt durch die
Michael Meller Literary Agency, München
Einbandgestaltung hißmann, heilmann, hamburg
Typografie Renate Stefan, Berlin
Gesetzt aus der Stempel Garamond durch psb, Berlin
Druck und Bindung CPI – Clausen & Bosse, Leck
Printed in Germany

www.aufbau-verlag.de

Für die Frauen meiner Familie,
die toten und die lebenden.

»Die Deutsche Wochenschau« vom 5. 3. 1945

»In diesen, von deutschen Truppen wiedereroberten Orten ist jedes Haus von den Grausamkeiten bolschewistischer Soldateska gezeichnet. […] Die Bestialitäten sind zu ungeheuerlich, als dass alles gezeigt werden könnte, was die Kamera festhielt. […] Qualvolles Entsetzen steht noch in den Gesichtern dieser deutschen Frauen. Sie berichten von den Tagen namenlosen Grauens, in denen sie wehrlos den vertierten Horden ausgeliefert waren.

Eine ermordete Greisin …

Frauen, nach der Schändung durch Genickschuss getötet …

In unersättlicher Gier durchsuchte und beraubte die sowjetische Soldateska die Wohnungen …

Diesen Steppenhorden wirft sich das deutsche Volk entgegen!«

Seit dem letzten Einschlag hat es sechzehn Mal getropft. Sechzehn Tropfen, seit der Boden zu zittern aufgehört hat. Sechzehn Tropfen, seit die kleine Petroleumfunzel wieder stumm und reglos brennt. Sechzehn Tropfen, eine winzige Ewigkeit.

Kein Mensch weiß, woher sie kommen, schließlich läuft seit Tagen kein Wasser mehr aus den Leitungen. Sie quellen aus der Gewölbedecke in der Nische, wo die Kohlen gelegen haben, fallen mit einem knirschenden Geräusch auf den Sandboden und versickern dort. Die Intervalle sind lang, sehr lang. Eine Minute? Zwei? Man hört ihren Fall nur, wenn absolute Stille herrscht, wenn die Angst sogar die Atemgeräusche verschluckt.

Wilhelmine zählt die Tropfen, so wie sie als Kind bei Gewitter die Sekunden zwischen Blitz und Donnerschlag gezählt hat, ganz langsam und gleichmäßig. Jede Sekunde ein Kilometer, hat Oma Agnes ihr erklärt; je länger es dauert, desto weiter ist das Unwetter entfernt.

Eben noch hat es ohne Unterlass gekracht, sind Dachziegel oben auf dem Gehsteig zerschellt, hat der Boden gebebt, als risse jemand die Welt aus den Angeln.

Siebzehn.

Auf der anderen Seite des Kellers regt sich etwas, in der Ecke, in der sich die Frauen aus dem Haus gegenüber eingerichtet haben. Eine von ihnen rappelt sich jetzt hoch, Wilhelmine hört ihre Schritte, ein Ächzen, der Deckel des

Scheißeimers klappert. Das Ding ist randvoll, der Gestank unerträglich.

Noch immer wagt keine zu sprechen, nur ein kurzes Flüstern kommt von irgendwo. Nach und nach spürt Wilhelmine ihre rechte Hand, die kleinen Stiche, von den Fingernägeln in den Handballen gepresst. Ihre Linke hält die Hand des Mädchens. Es schläft. Einen tiefen, gnadenvollen Kinderschlaf, als wäre es wirklich noch ein Kind, nur ab und an gibt es ein leises Grunzen von sich. Wilhelmine lockert den Griff, streicht sanft mit dem Daumen über die warme Haut, dann fährt ihre Hand durch das dichte braune Haar. Es ist strähnig geworden, aber dennoch weich und voll. Wilhelmine denkt an den dünnen, zarten Kleinkinderflaum von einst, der sich nicht hatte verlieren wollen, nie hätte sie damals gedacht, dass das Mädchen einmal so schöne Haare bekäme. Sie spürt den sich hebenden und senkenden Brustkorb. Der Begriff friedlich *fällt ihr wie ein Fremdwort ein.*

»Ich geh nachsehen.« Hedwig Erlenbach ist aufgestanden. Sie hat eine Stimme wie aufgekrempelte Hemdsärmel und Mut für zwei Kerle. Wenn in diesem herrenlosen Keller noch eine etwas anpackt, dann sie.

Kraftloser Protest.

Bleib bloß unten, denkt Wilhelmine. Sie will es nicht wissen, nichts davon hören, nur wenn sie nichts hört und nichts weiß, kann sie sich flüchten, gelingt es ihr für Augenblicke, die Gedanken an das Undenkbare abzuwehren. Gedanken, die wie Aasgeier über ihr kreisen.

Es dauert lange, bis Hedwig wiederkommt, im mageren Schein der Lampe wirkt ihr Gesicht wie Wachs. Hedwig vermeldet kaum Schäden am Haus, auch die Nach-

barhäuser seien ganz geblieben, aber ein paar Blocks die Straße runter stehe kein Stein mehr auf dem anderen.

Wilhelmine spürt, dass Hedwig nicht alles sagt, während sie wortlos den Scheißeimer in die Nische zurückstellt. Sie hat ihn ausgeleert, und dafür ist Wilhelmine ihr dankbar.

»Sie sind in Moabit.« Hedwigs Stimme wackelt.

Moabit. Der Name fährt Wilhelmine wie ein Messerstich in den Körper. Unvermittelt jagt ihr Herzschlag los, pocht den Hals entlang, schnürt ihn enger, der Atem reicht kaum in ihre Brust hinab. Moabit. Jetzt gibt es kein Entkommen mehr, jetzt stürzen Wilhelmines Gedanken nach Moabit, den Weg entlang bis zu dem kleinen Kino, das sie manchmal besucht hat, zu Fuß ist sie gegangen, jetzt zählt sie die Schritte. Ist doch gleich um die Ecke, hat sie immer gesagt. Keine Viertelstunde dauert der Weg dorthin. Wilhelmine hört kaum das gedämpfte Gemurmel um sie herum, spürt allenfalls, dass sich etwas am Tonfall geändert hat. Und plötzlich ist er wieder ganz stark: der Impuls, das Mädchen zu packen und wegzurennen, einfach weg, als ginge das, als gäbe es noch irgendeinen anderen, einen sicheren Ort. Doch sie hockt nur steif, weiß, dass das Zittern, das ihren ganzen Körper einnimmt, die einzige Bewegung bleibt, zu der sie fähig ist.

»… und dann finden se dir doch. Na denn kannste aber erst recht wat erleben, wat gloobste, wat die denn mit dir machen?« Die alte Dürbeck flüstert jetzt nicht mehr.

Eine der Frauen heult auf.

Auf einer Matratze neben Wilhelmine kauert Lotte aus Pommern, die bei den Naumanns untergekrochen ist.

Ihre Blicke treffen sich, verharren für einen Moment. Die Pommersche sagt selten etwas, dafür schreit sie nachts auf und wälzt sich, hat die Nägel abgekaut bis auf die Kuppen. Lotte nickt kaum merklich. Das kommt alles noch viel schlimmer, sagt ihr Blick, viel schlimmer, als ihr denkt.

»Die Zähne musste zusammenbeißen, Oogen zu und durch, bis se fertich sind. Denn lassen se dir vielleicht am Leben.«

»Wat fürn Leben soll das denn sein?«, entgegnet Frau Leineweber aus dem Dachgeschoss. »Als ob die dit bei einem Mal bewenden lassen – dit werden die neuen Herren hier, da ham wir alle nüscht mehr zu lachen. Ick hab ja schon von meiner Cousine erzählt, die sich auf de Schienen jeworfen hat … Also wat se mit der jemacht haben …«

»Jetzt hören Sie doch endlich auf! Denken Sie doch an das Mädchen!«

»Jenau an die denk ick ja. Die is doch man als Erste dran.«

Alle Gesichter wenden sich Wilhelmine zu, schauen auf sie und das schlafende Kind.

»Mensch, ehrlich, hat ja bald noch de Milchzähne, dit arme Ding …«

Wilhelmine beißt sich auf die Lippen, starrt zitternd auf ihr Kleines, ihr Baby. Sieht sie vor sich, beim Baden, den bloßen, zarten Körper, die sich gerade erst hebenden Brüste, die feine, glatte Haut, so unberührt, so kostbar. Sieht derbe Stiefel, Spucke, Blut. Mit der flachen Hand erstickt sie den Schrei, der ihr entfährt. Wenn doch nur die Erde wieder bebte, die Welt endgültig über ihnen zu-

sammenbräche und sie alle unter sich begrübe. Wenn es doch nur ein Ende gäbe, ein jähes, schnelles Ende.

Mit schwindender Kraft versucht Wilhelmine, die Schreckensbilder von sich zu stoßen, Blut, Leiber, Männerpranken, doch es gibt keine Flucht mehr, nirgendwohin. Nicht einmal in Gedanken.

Dumpfes Poltern drischt in das Schweigen. Etwas kracht schwer gegen die eiserne Kellertür. Tritte, harte Schläge. Wilhelmines Herz steht für Sekunden still. Dann hetzt es davon, stolpert, wummert, als wüte eine Faust in ihrem Brustkorb. Sie ringt nach Luft. Wieder krachen feste Tritte gegen das Metall. Die Konturen der Frauen verschwimmen vor ihren Augen. Schreien will sie, doch ihre Kehle ist gelähmt wie in einem Alptraum. Gleich wird es vorbei sein, das ist alles, was sie denken kann, gleich passiert es, gleich sind wir tot, endlich. Sie fühlt das Kind neben sich, das sich brummend umdreht und dann verschlafen aufrichtet, zieht es in ihre Arme und weiß, dass sie ausharren wird, ausharren muss. Was immer sie tun kann für ihr Kind, sie wird es tun.

Erneut die Schläge an der Tür. »Aufmachen! Los, Beeilung!«

Sie hebt den Kopf. Ein vielstimmiges Aufatmen geht durch den Keller.

»Dit sind unsere, Jott sei Dank!«

Hedwigs Blick wandert durch den Keller, dann nickt sie knapp, steigt nach oben und entriegelt die Tür. Ein Wehrmachtsoffizier poltert die Treppe herunter, inspiziert den Keller, brüllt etwas, offenbar sucht er nach den eigenen Männern, die sich in die umliegenden Keller geflüchtet haben, und rauscht davon, ohne ein Wort an die Frauen zu richten.

»Was ist denn los, Mama?«

Wilhelmine zittert noch immer. Ihr Puls hämmert durch ihren Körper, beruhigt sich nur zögernd, als wüsste er, dass dies nichts denn ein Aufschub ist, dass es kein Entkommen gibt, sondern nur die Frage nach dem Wann.

»Nichts, mein Hase, alles ist gut.« Mit fahrigem Griff wühlt Wilhelmine in dem dichten Schokoladenhaar.

In der Ferne Donnergrollen. Flieger. Noch zittert der Boden nur leicht, aber Wilhelmine schöpft Hoffnung, vielleicht treffen sie dieses Mal. Lieber Gott, ja, vielleicht geht ja alles doch noch ganz schnell.

Schon kurz vor der Grenze bei Krasnoje beginnt die Frau neben Jelisaweta unter dem Sitz zu wühlen, deponiert dann mehrere, in Zeitungspapier gewickelte Päckchen auf dem Klapptisch am Vordersitz. Der Geruch nach billiger Fleischpastete und Tee schlägt um sich.

Jelisaweta wendet sich ab und sieht aus dem Fenster. Dunkles Blau geht allmählich in Schwarz über, dann und wann beleuchten ein paar Scheinwerfer eine vorüberhuschende Baracke.

Die Frau auf dem Gangplatz pufft Jelisaweta gegen den Arm, hält ihr einladend das aufgeklappte Zeitungspapier mit schmalztriefenden Piroschki unter die Nase. Sie hat ein Gesicht wie ein Eierkuchen; einer von denen, die mit Eischnee und Backpulver zusätzlich aufgetrieben sind. Eine Rosine klebt an ihrem Kinn.

»Danke.« Jelisaweta schüttelt kaum merklich den Kopf und dreht sich gleich wieder der Dunkelheit zu.

»Wohin gehts?« Der Eierkuchen lässt nicht locker.

»Frankfurt.« Ein Hund steht im Schein einer Straßenlaterne, als warte er auf den Bus. »Main.«

»Arbeit oder Liebe?«

Jelisaweta mustert sie knapp. »Ist das nicht dasselbe?« In Deutschland, fügt sie in Gedanken hinzu.

Der Eierkuchen stutzt, lacht kollernd auf. »Was redest du da, Hühnchen, kleines? Weißt wohl schon allerhand. Wie alt bist du? Zwanzig?«

Jelisaweta zieht nur die Brauen nach oben. Was soll sie erwidern? Dass sie gerade dreiundzwanzig geworden ist?

Die andere wischt sich die Finger am Rand des Zeitungspapiers ab, fischt eine Essiggurke aus einer ovalen Plastikdose und beißt grinsend hinein. »Aber wenn du in Zukunft morgens den Boden scheuerst, liege ich noch im Bett und trinke Tee. Also, Hühnchen, was ist besser?«

Jelisaweta hebt die Schultern. »Kostenlosen Käse gibts nur in der Mausefalle.« Sie dreht ihr Wolltuch zu einer Wurst und stopft es sich in den Nacken. Die Welt draußen ist schwarz geworden, gelegentlich fressen sich entgegenkommende Scheinwerfer durch die Dunkelheit. Jelisaweta lehnt sich gegen die kalte Scheibe, spürt das Dröhnen des Busses an ihrer Schläfe. Noch fünfunddreißig Stunden. Oder mehr, je nachdem. Wer kann das wissen?

*

Nur allmählich spürt Wilhelmine, dass sie aufsteigt aus der warmen Schwere des Schlafs, will weiter hinabtauchen in das Dunkel, empfindet dieses schwache Sehnen und ahnt kaum, wonach. Je älter sie wird, desto mehr hat sie das Gefühl, ein Fisch zu sein, fühlt sich nur noch in jenen Tiefen wohl, in denen Träume und Erinnerungen schwebend treiben. Was über der Wasseroberfläche passiert, geschieht ihr zu rasch, zu laut, wird ihr zunehmend fremd.

So gemächlich es geht, lässt Wilhelmine sich nach oben gleiten, bemerkt erst Harndrang, dann die Kälte im

Zimmer. Ohne die Augen zu öffnen, weiß sie, dass noch kein Dämmerlicht das Muster der Vorhänge erkennen lässt.

Sie ist allein. Mittlerweile kann sie spüren, ob sich jemand im Haus befindet. Sie ist gern allein, eigentlich. Früher waren ihr diese Morgenstunden kostbar, jene stille Zeit gegen fünf, sechs Uhr, wenn der Tag noch ganz ihr gehörte und sie mit einer Tasse Tee und einem Buch wieder zurück in ihr Bett gekrochen ist, bis die Sonne ins Zimmer brach, meist viel zu bald. Nun, da sie nicht einmal mehr aufstehen kann, um zur Toilette zu gehen, wird dieser Reichtum zur Qual. Wann ist es endlich genug?

Wenn Karin nur käme. Sie muss sie bitten, nach der Heizung zu sehen. Es dauert viel zu lange, bis es morgens im Zimmer warm wird. Das war doch früher nicht so. Wenn sie es nur nicht vergisst, Karin ist immer so rasch wieder fort. Sie habe keine Zeit, sagt sie. Natürlich hat Karin Zeit, reichlich Zeit.

Wilhelmine zieht die Decke höher. Liebe heißt geben, ohne etwas dafür zu erwarten. Wilhelmine erwartet nichts. Sie käme liebend gerne allein zurecht. Das Alleinsein schreckt sie nicht, beileibe nicht.

Sie dreht sich behutsam auf den Rücken, fühlt eine dicke Wulst zwischen ihren Beinen. Ach Gott, ja, die verdammte Windel. Beißend steigt Scham in ihr auf, sie mag sich nicht daran gewöhnen, an diese widerlichen Dinger, obwohl sie kaum zu spüren sind. Sie braucht sie doch gar nicht; es einfach laufen zu lassen, das bringt sie ohnehin nicht fertig.

Wilhelmine atmet lange aus, tastet mit der Hand nach

dem wattigen Paket, in das Karin sie gepackt hat und das sich anfühlt wie die dicken Umschläge, in denen Monika ihr manchmal Bücher hat zukommen lassen. Ihre Finger finden eine dünne Kante, einen biegsamen Streifen, gedankenverloren nestelt Wilhelmine daran herum, bis er sich löst. Ach herrje, das muss der Verschluss gewesen sein, rasch versucht sie, den Klebestreifen wieder festzudrücken, es gelingt ihr nicht, stattdessen liegt die rechte Hüfte jetzt bloß.

Unten wird die Haustüre geöffnet. Das ist Karin. So wirft nur sie den Schlüsselbund auf ihre Handtasche. Wilhelmine hat noch immer gute Ohren. Wenn du mal stirbst, Minchen, hat Albert oft gescherzt, dann muss man dir die Lauscher separat totschlagen. Ach, der Albert. Gute Augen wären ihr lieber, die kann man notfalls zuklappen.

Wilhelmine blinzelt, sieht zum Fenster, es ist noch dunkel, Karin kommt normalerweise nie so früh. Ein wenig unmutig über diese ungewohnte Zeit ist sie schon, aber gleichzeitig froh, nun wird sie sich endlich erleichtern können. Wilhelmine wartet auf das Knarren der Treppe, doch sie hört Karin nur in der Küche rumoren, die Wasserleitung rauscht. Schließlich tastet sie über die Matratze und zieht das dünne Kabel aus der Bettritze, bis sie die kleine, pilzförmige Klingel zu fassen bekommt. Die Leitung hat sie legen lassen, als Albert damals krank wurde.

Jetzt drückt Wilhelmine den Knopf, dreimal hintereinander: ›Guten – Morgen – Karin‹, grüßt sie feste in die Leitung hinein.

Kurz darauf klopfen Schritte auf der Treppe, das Türblatt schabt über den Veloursboden, und das Licht der Deckenleuchte nimmt ihr für einen Moment die Sicht.

»Einmal reicht vollkommen, Tante Minchen, ich bin ja nicht schwerhörig!«

Wilhelmine schweigt, wartet, bis Karin die Vorhänge aufgezogen hat, irgendetwas wollte sie doch von ihr, aber sie kommt nicht darauf, was es war.

»Wieso bist du denn schon wach, Tante Minchen? Es ist erst halb sieben.«

Ich bin immer wach um diese Zeit, denkt Wilhelmine, aber vielleicht sollte sie Karin das nicht sagen, die hört sonst wieder einen Vorwurf heraus. »Es ist gut, dass du da bist«, erwidert sie stattdessen und fügt leise hinzu: »Ich kann das Wasser bald nicht mehr halten.«

»Das brauchst du doch auch nicht.« Karin tritt zu ihr ans Bett, sie kaut die Worte, als spräche sie zu einer Taubstummen. »Ich hab dir doch was angezogen.«

»Ach ja …« Wilhelmine nickt zaghaft und fühlt mit der Hand ihre Hüfte entlang. »Ich möchte aber doch auf den Stuhl. Sei so gut, und mach die Vorhänge wieder zu, ja.«

»Tante Minchen, es ist kein Mensch auf der Straße um diese Zeit und durch das Gestrüpp kann sowieso niemand durchsehen.«

Karin zieht die Vorhänge zu und rückt den Toilettenstuhl ans Bett.

»Meine Güte, was hast du denn gemacht? Die ganze Windel aufgerissen, ach Mensch, Minchen, was soll denn das?« Unbeherrscht ratscht Karin noch den zweiten Klebestreifen auf und zerrt die Windel unter Wilhelmine hervor.

»Warum bist du denn schon so früh auf den Beinen?«, fragt Wilhelmine leise. »Kommst doch sonst erst um acht.« Sie klammert sich an Karins Arm und führt behutsam die Beine über die Bettkante.

»Heute kommt das Mädchen, Tante Minchen, das hab ich dir doch erklärt. Der Dieter ist gerade nach Frankfurt gefahren und holt sie vom Busbahnhof ab.«

»Ach ja …« Wilhelmine sackt auf den Stuhl und wartet, bis Karin ins Bad gegangen ist. Erst dann erleichtert sie sich.

Das Mädchen. Mit einem Mal ist ihr kalt und eng in der Brust. Sie erinnert sich an die Jugoslawin, die Karin ihr unlängst zum Putzen ins Haus geschickt hat und die ihr die Windeln wechseln wollte, dabei hätte sie Wilhelmine bloß auf den Stuhl helfen müssen. Aber die Frau hat nichts verstanden.

Sie überlegt, was das für ein Mädchen ist, das da kommen soll, wagt aber nicht zu fragen, sie wird es schon erfahren.

Dass sie Karin lästig fällt, hört Wilhelmine am Ton. Karin gibt sich wenig Mühe, es zu verstecken, vielleicht will sie es überhaupt nicht. Oft ist es nur ein winziger Zug um Karins Mund oder eine Nuance im Tonfall, die Wilhelmine ins Herz schneidet. Sie wollte nie in ihrem Leben jemandem lästig fallen. Aber wie das wirklich ist, weiß sie erst, seit sie nichts mehr daran ändern kann. Einsam macht es, so einsam, als säße sie allein auf einer Insel, noch in Sichtweite der Küste, wo die anderen stehen und versuchen, sich vor dieser Pflicht zu drücken. Dieter lässt sich auch nicht blicken. Das tut weh. Aber Wilhelmine wird schweigen, sich still wieder ins Bett helfen lassen und warten, warten, warten. Was kann sie anderes tun?

»Soll ich dir schon was zum Essen machen?«

»Ach nein, lieber später, ich hab ja doch noch keinen Appetit.«

Karin brummt etwas von Wäsche und Keller und verschwindet.

Wilhelmine lauscht auf Karins Schritte, hört, wie sie die Tür zur Kellertreppe entriegelt. Auf Alberts Kopfkissen liegt noch die Illustrierte von gestern, in der Wilhelmine zu blättern beginnt. Sie hätte Karin um eine schöne Tasse Tee bitten sollen, dann hätte es fast wie früher sein können. Wilhelmine sieht sich um. Das Wasserglas auf dem Nachttisch ist leer. Nicht dass sie Durst hätte, aber normalerweise schenkt Karin ihr immer Wasser ein.

Wilhelmine zögert. Sie kann die Wasserflasche neben dem Nachttisch stehen sehen. Vorsichtig robbt sie an die Bettkante und streckt den Arm aus. Es fehlt nur ein halber Meter. Vielleicht kann sie ja doch aufstehen, irgendwann muss sie es ja mal versuchen, das wird wohl zu schaffen sein. Vorsichtig, Stück für Stück, dreht sie sich auf den Bauch, lässt das rechte Bein aus dem Bett gleiten, bis ihre Zehen das Frotteetuch berühren, das immer über dem Teppich liegt. Sie greift nach der Nachttischkante, erst mit der rechten, unsicher, dann mit der linken Hand, aber die Kraft in den Armen reicht nicht, um sie zu stützen. Das Bein sackt weg, für einen Moment kniet sie auf dem Teppich, versucht vergeblich, sich am Nachttisch festzuklammern, und rutscht mit dem linken Bein von der Bettkante herab. Unsanft schlägt sie mit der Hüfte auf, hält sekundenlang den Atem an, wartet auf den scharfen Schmerz, doch diesmal scheint nichts passiert zu sein. Erleichtert atmet Wilhelmine auf, liegt mit klopfendem Herzen am Boden und schaut unter den Bettrahmen, wo sich ein paar zerknüllte Papiertaschentücher versteckt halten. Wenn nur Karin jetzt nicht kommt und sie so findet. Sie angelt nach der Wasserflasche und stellt sie in Griffweite neben das Bett. Nun muss sie bloß wieder hineinkommen, irgendwie. Wilhelmine zieht sich auf die Knie und greift zum Bett hinauf. Es ist hoch, das haben Albert und sie damals extra so ausgesucht und dabei an das Alter gedacht.

Sie legt ihre Brust auf die Matratze und versucht, sich mit den Beinen hochzustemmen. Was ist nur aus ihr geworden, nachdem sie jahrzehntelang in den Rosenbeeten gekniet hat und aufgesprungen ist ohne jede Mühe?

Unten schlägt die Kellertreppe zu. Himmel, Wilhelmine muss wieder ins Bett zurück, bevor Karin nach oben kommt! Mit aller Entschlossenheit stützt sie sich zwischen Nachttisch und Bett ab, zieht sich ein Stück weit hoch, ein Ellbogen ist bereits auf der Matratze, na also, es geht doch, auch wenn die Beine weich und haltlos sind. Wie Frankfurter Würstchen, denkt Wilhelmine. Sie zieht sich weiter nach oben, schon sind Karins Schritte auf der Treppe zu hören. Wilhelmine packt fester zu, eiserner Wille fährt in ihre Arme und Beine, sie zerrt sich am Laken höher, gleich ist es geschafft, gleich, bevor Karin kommt. Dann gibt das Laken nach, die Tür geht auf, Wilhelmine verliert den Halt und landet erneut auf dem Bettvorleger. Dieses Mal schickt der Schmerz ihr Tränen in die Augen.

»Herrgott, Tante Minchen, was machst du denn da? Willst du dir jetzt auch noch die Beine brechen?«

Wilhelmine schweigt, gelähmt von Karins Blick.

»Tut dir was weh?« Kopfschüttelnd zieht Karin das Laken wieder zurecht und stopft es unter die Matratze. Dann greift sie Wilhelmine unter die Achseln und hievt sie aufs Bett zurück. »Was hast du denn da unten zu suchen gehabt?«

»Ich hab nur nach der Wasserflasche sehen wollen …«

»Also, Minchen, du bist doch nicht mehr ganz bei Trost. Wozu haben wir denn die Klingel? Oder willst du schon wieder ins Krankenhaus?«

Wilhelmine schüttelt schwach den Kopf, deutet ein Lächeln an. Und sehnt sich zurück in die Tiefe.

*

Jelisaweta sieht an dem kleinen, spitzgiebeligen Haus empor. Es hat die gleiche fleckige Farbe wie die Schneeplacken, die unter ihren Sohlen knirschen. Hohe Tannen und ein paar Büsche grenzen das Grundstück wie eine Mauer zum Nachbarn ab.

»Bis letzten Sommer hat sie den ganzen Garten allein besorgt.« Herr Hübner spricht leise und weist über die braunen Beete. Dornige Strünke ragen aus winzigen Erdhäufchen heraus wie aus Maulwurfshügeln. »Da drüben ist sie dann von der Leiter gestürzt.« Er bleibt stehen, zeigt mit dem Kopf zur Traufseite des Hauses.

»Von Leiter?«

»Ja.« Herr Hübner sieht auf den Boden, als müsse er nach Jelisawetas Tasche suchen, die er in der Hand trägt.

»Sie wollte die Dachrinne saubermachen. Das muss man sich mal vorstellen! Mit einundneunzig!« Er stapft auf die Haustür zu. »Wir hätten es ihr verbieten sollen. Aber sie will ja immer alles selbst machen.« Herr Hübner setzt die Tasche ab und drückt dreimal auf den Klingelknopf aus angelaufenem Messing, der in die Hauswand eingelassen ist.

Jelisaweta betrachtet das gravierte Schild, A. H. steht dort. Ein klopfender Takt dringt nach außen, jemand läuft eine Treppe hinunter. Eine Dame öffnet die Tür, Jelisaweta schätzt ihr Alter auf das ihrer eigenen Mutter, sechzig, vielleicht. Sie trägt kinnlanges, blond gefärbtes Haar, silberblond, ohne jeden Gelbstich. Lufthansa, nicht Aeroflot, denkt Jelisaweta und reicht ihr die Hand; da ist kein Lächeln, das es zu erwidern gilt. Erst dann bemerkt Jelisaweta, dass sie noch immer draußen steht. Es bringt Unglück, sich die Hand über die Schwelle zu reichen. Jelisaweta kann nicht sagen, worüber sie sich mehr ärgert – darüber, diese Regel missachtet zu haben, oder dass so ein dämlicher Aberglaube ihr überhaupt etwas anhaben kann.

»Na endlich, ich dachte schon, Sie kämen gar nicht mehr. Bring die Tasche nach oben, Dieter.« Die Blonde lässt Jelisaweta in eine kleine Diele eintreten. Es riecht nach Äpfeln und Lederschuhen. »Ich muss in einer halben Stunde beim Friseur sein, kommen Sie, ich zeige Ihnen rasch alles, Frau … – wie spricht man Ihren Namen aus? Können Sie mich überhaupt verstehen?«

Jelisaweta zieht ihre Stiefel aus. »Ja, natürlich kann ich verstehen. Mein Name ist Jelisaweta Fjodorowna Serebrjakowa.«

»Ach, jaja, das ist aber sehr kompliziert …«

»Lisa, sagen Sie Lisa.«

Der Blick der Frau wandert an Jelisaweta herab, Überraschung liegt darin, als habe sie jemand völlig anderen erwartet. »Sie sprechen aber gut Deutsch. Für eine Russin, meine ich …«

Jelisaweta hebt bloß die Schultern. Es ist nicht schwer, Deutsch zu sprechen, nur schmerzhaft. Von ihrer ersten Deutschstunde an ist ihr diese karge, harte Sprache wie etwas vorgekommen, das man des Klangs beraubt, verstümmelt hat. Verächtlich denkt sie an die wenigen Male, da sie Deutsche hat Russisch sprechen hören. Grauenhaft.

»Nun, ist ja auch egal. Also, dort drüben ist die Küche, Lisa, ich komme morgen vorbei und zeige Ihnen, wo Sie einkaufen können. Essen für die Tante steht im Schrank, sie mag gerne Pichelsteiner Eintopf.« Mit raschen Schritten hält die Lufthansablonde, von der Jelisaweta annehmen muss, dass sie Frau Hübner ist, auf die Treppe zu. »Die Tante ist oben. Sie haben ja Erfahrung mit alten Leuten?«

Jelisaweta nickt, folgt ihr, senfgelber Veloursteppich schlägt auf den Holzstufen Falten. Die Treppe führt hinauf in einen winzigen, dämmrigen Korridor. Frau Hübner öffnet lautlos eine Tür, späht in den dahinterliegenden Raum und tritt zur Seite, sie weist wortlos auf eine zarte, alte Frau, die schlafend und wie verloren in einem wuchtigen Doppelbett aus dunklem, beinahe schwarzem Holz liegt und kaum hörbar schnarcht. Ihr Haar ist schlohweiß, aber voll, das feine Gesicht wie helles Seidenpapier, das man zerknüllt und anschließend wieder glattgestrichen hat. Vage erinnert sich Jelisaweta an das Bild ihrer eigenen Großmutter, die farblosen Haare, das eingefallene Gesicht. Jelisaweta hat sie nie Babulja genannt, sondern Babka, immer nur Babka.

Frau Hübner schließt die Tür, zeigt auf einen weiteren Raum. »Dort sind Bad und Toilette, man kommt auch vom Schlafzimmer aus hinein. Das Tantchen hat zwei gebrochene Wirbel. Aber sie ist nicht schwer, lässt sich problemlos aus dem Bett heben, der Toilettenstuhl steht im Zimmer. Und dort schlafen Sie, Lisa.« Sie öffnet die Tür zu einer engen Kammer mit einem blassgrünen Einbauschrank. Jelisaweta sieht, dass ihre Reisetasche schon neben dem Bett steht.

»Muss man umdrehen?«

»Wie bitte?«

»Umdrehen. Auf Matratze, damit Haut nicht wund geht.«

»Ach so.« Frau Hübner hält für einen Moment inne und starrt Jelisaweta an. »Nein, das ist nicht nötig, sie kann sich selbst auf die Seite drehen. Dr. Lobe, das ist unser Hausarzt, der kommt einmal die Woche und die Krankengymnastin jeden Montag und Donnerstag. Die Medikamente sind im Schlafzimmer in der roten Box für die nächsten Tage vordosiert.« Sie wendet sich ab. »So, das wäre wohl alles. Kommen Sie zurecht?«

Jelisaweta schiebt die Unterlippe vor, spürt, dass ihre Augen schmaler werden. Sie hat die letzten vierzig Stunden in einem verdreckten Autobus mit defekter Toilette verbracht. Sie hat kaum geschlafen, noch weniger gegessen und sich überhaupt nicht gewaschen. »Natürlich«, sagt sie kalt, »ich komme zurecht.«

»Ich habe Ihnen die wichtigsten Telefonnummern aufgeschrieben, der Zettel ist unten in der Küche. Das Telefon liegt immer beim Tantchen am Bett. Alle paar Tage müssen Sie es unten aufladen.« Sie eilt die Treppe hinunter, Jelisaweta folgt betont langsam. Frau Hübner greift nach einer Handtasche und öffnet die Haustür. Zögernd bleibt sie in der kalten Morgenluft stehen, fasst schließlich in die Tasche und reicht Jelisaweta einen Schlüssel an einem Stück Wurstkordel. Draußen vor dem Wagen steht Herr Hübner und tritt von einem Fuß auf den anderen. »Auf Wiedersehen, Lisa.«

Jelisaweta nickt knapp. Die Tür fällt ins Schloss.

Sie steht eine Weile reglos in der Stille, wie nach einem Blitzgewitter, sieht durch die gelbliche Haustürverglasung schemenhaft den Wagen davonrollen. Kraftlos schüttelt sie den Kopf. Deutsche! Dann schaut sie sich in der Diele um, wo ihre Jacke an der Garderobe hängt; vergilbte Tüllgardinen dämpfen das blasse Morgenlicht. Auf einer Truhe steht eine Telefonstation mit Mobilteil, das seltsam futuristisch in dieser Umgebung wirkt, daneben ein altmodischer Armlehnstuhl mit dunkelroten Kissen. Sie bleibt reglos im Türrahmen der kleinen Küche stehen.

Obwohl sie zunächst den Eindruck von Stille gehabt hat, nimmt sie nun Geräusche wahr: das Brummen des Kühlschranks, das Bellen eines Hundes von fern. Eine bemalte Wanduhr in der Diele tickt einen Takt, der ihr immer langsamer vorkommt, je länger sie ihm lauscht. All diese Töne erscheinen ihr für eine Weile wie geflüsterte Stimmen, als führe das Haus ein Eigenleben, zu dem Zwanzigjährige und deren Zeitverständnis keinen Zugang haben.

Die Müdigkeit brennt in Jelisawetas Augen, sie schließt sie für einen Moment, lauscht auf die Geräusche. Sie sind wie ein Bild, denkt Jelisaweta, ein unsichtbares Bild für die Ohren, und sie stellt sich vor, blind zu sein und darauf angewiesen, die Welt mit dem Gehör wahrzunehmen. Fragt sich, ob ihre Ohren dieses Haus mögen, in dem sich die Töne so anders formen als in der Wohnung, die sie mit Mama teilt und in der das unregelmäßige Brummen des Verkehrs, das Surren der anfahrenden Trolleybusse nicht einmal in der Nacht zum Schweigen kommt.

Hier brummt kein Auto, und die Straße vor dem Haus macht nicht den Eindruck, als würden Busse auf ihr herumfahren. Sie schweigt und schläft. Das ist ein Kaff, denkt Jelisaweta, schnaubt und öffnet entschlossen die Augen. Sie haben gelogen, das ist nicht Frankfurt, du bist verdammt noch mal auf dem Land. Niemals, hatte sie sich geschworen, niemals ginge sie aufs Land. Wenn man irgendwo verrückt werden kann, dann auf dem Land.

Jelisaweta lehnt sich gegen den Türrahmen, sieht die Getreidesilos von Staraja Mestnostsch, tristgraue Türme, die aus der Entfernung betrachtet wie leere Klopapierrollen in der Landschaft stehen. Ein paar Häuser, die so weit verstreut sind, dass man nicht einmal weiß, wo das Nest anfängt und wo es endet. Die Dorfstraße, die aussieht, als hätte man hie und da ein paar Eimer Asphalt auf eine Lehmpiste gekippt. Und rundherum und zwischendrin Felder. Ein paar Büsche und Bäume und sonst nichts. So ist Staraja Mestnostsch, und Mama würde toben, wenn sie wüsste, dass Jelisaweta längst dort gewesen ist, sich von der Schulabschlussreise mit dem Bus und schließlich als Anhalterin auf einem Milchlaster davongestohlen und einen Abstecher nach Staraja Mestnostsch gemacht hat. Dass sie einen schwülheißen Mittag lang zwischen den Scheunen und Baracken umhergestreunt ist auf der Suche nach Gesichtern, in denen es etwas zu finden gäbe, irgendetwas, ein vertrautes Zucken in den Brauen, eine Mundbewegung. Auf ein Erkennen zu hoffen, hatte sie sich selbst versagt. Aber nichts davon ist ihr begegnet, nur eine junge Frau in Jeans und Kittelschürze, die auf einem Graswall am Rande eines furchigen Ackers kniet und Knollen in einen Eimer sammelt. Die Frau hebt den Kopf, schaut mit wildleerem Blick in Jelisawetas Richtung und senkt ihn dann wieder. Nichts weiter. Jelisaweta kämpft gegen den Impuls, stehen zu bleiben und sie zu betrachten, doch eine eigenartige Scham überkommt sie, eine Scham, die Jelisaweta nicht zuordnen kann, also presst sie nur ein leises »Priwjet« hervor und läuft weiter in die Richtung, in der sie so etwas wie das Zentrum der wenigen, verstreuten Gebäude vermutet.

Sobald sie aus dem Schatten der Bäume tritt, schlägt die Luft um, aus feuchter Kühle wird Glut, und die Sonne legt sich wie eine Heizdecke auf ihren Rücken. Der Platz zwischen den Häusern staubt unter ihren Füßen. Es ist unwirklich still, so still, dass ihr das Brummen der Insekten laut erscheint, für einen Moment glaubt sie sogar, das Flattern eines Schmetterlings zu hören.

Eine Geisterstadt, denkt Jelisaweta und versucht, im Vorübergehen Blicke ins Innere der Häuser zu werfen, doch hinter den staubigen Fensterscheiben ist es dunkel, als wohne seit langem niemand mehr dort.

Jelisaweta dreht sich zögernd um, da ist nichts, was

sie hält oder anzieht, alles ist fremd und fern und weit weg von jeglichem, das in ihre Erwartungen hätte passen können. Das Gefühl, am falschen Ort zu sein, überkommt sie, eine Enttäuschung, als hätte sie stundenlang vor dem Kino angestanden, um dann zu sehen, dass statt des angekündigten Films ein anderer gezeigt wird. Also geht sie los, zurück Richtung Landstraße, mit Blei in den Schuhen; ihre Schritte sind schwerer noch als die, mit denen sie hergekommen ist, dabei sollte es eigentlich umgekehrt sein.

Ein Knarren lässt Jelisaweta innehalten, sie bleibt stehen und legt die Hand über die Augen, blinzelt. Aus der graugestrichenen Tür eines Hauses, das wie ein Schuppen aussieht, ist eine Frau getreten und ruft Jelisaweta etwas zu. Sie ist alt, sehr alt, und stützt sich beim Näherkommen auf einen Stock. Immer wieder bleibt sie stehen, bannt dabei Jelisaweta mit ihrem Blick, der sich gleichsam festfrisst, bis sie schließlich so nahe vor ihr steht, dass Jelisaweta den Tropfen sieht, der unter ihrer Nasenspitze schwankt. Dann, unvermittelt, geht ein Leuchten durch das alte Gesicht, und ehe Jelisaweta zurückweichen kann, hat die Frau sie gepackt und umarmt, ein muffiger, säuerlicher Geruch steigt aus ihrer Strickjacke auf. »Dass es dir gutgeht, dass es dir gutgeht.« Die Hand reibt immerfort über Jelisawetas Rücken, als suche sie, ein Kind zu besänftigen.

»Ich ... hören Sie, ich ...« Jelisaweta versucht, sich aus der Umklammerung zu befreien. Sie schielt nach dem Tropfen und stellt mit Erleichterung fest, dass er noch immer unter der Nase der alten Frau hängt.

»O Ewa, dass es dir gutgeht ...«

Jäh windet sich Jelisaweta aus dem Arm, der den fremden Geruch ausströmt, und weicht einen Schritt zurück. Ewa. Das ist Babkas Name. »Sie haben Ewa gekannt?«

Der Blick der anderen windet sich, schlängelt sich zu Boden. Sie bewegt ihren Körper, anscheinend planlos, als könne sie sich nicht entscheiden, wohin sie gehen will. »Es … es tut mir leid, ich …« Sie wendet den Kopf jetzt brüsk nach rechts. »Versteh doch, was hätte ich denn tun sollen?«

»Wenn Sie Ewa gekannt haben – also hören Sie, ich bin ihre Enkeltochter, dann haben Sie vielleicht auch meinen Großvater gekannt?«

»Jetzt ist ja alles wieder gut, jaja.« Ihr Kopf wippt zustimmend. »Es ist alles wieder gut, Ewa.«

»Was machst du denn?« Eine jüngere Frau kommt aus der noch offen stehenden grauen Tür. Rasch nähert sie sich der Alten und packt sie am Arm. Sie guckt gequält, wie eingefroren, als bereite ihr schon der karge Gruß, den sie Jelisaweta zunickt, mehr Anstrengung, als sie aufzubringen imstande sei. »Lassen Sie sie. Sie weiß nicht, was sie redet. Sie ist alt.«

Reglos schaut Jelisaweta zu, wie die Jüngere die alte Frau mit sich zieht, und fängt noch einen letzten, verschreckten Blick der Alten auf. Als sie endlich die Hand heben und den beiden folgen kann, sind sie schon hinter der sich schließenden Tür verschwunden. Zögernd bleibt Jelisaweta stehen. Soll sie klopfen? Fragen? Suchen? Mutlos scharrt sie mit dem Fuß im Straßenstaub, kickt ein paar Steine zur Seite und sieht erschrocken auf, als hätte sie etwas Verbotenes getan.

Mit verschränkten Armen stößt Jelisaweta sich von der Türlaibung ab und tritt ans Küchenfenster, wirft einen Blick durch die Spanngardinen. Drei knorrige, winterkahle Obstbäume stehen auf einer Rasenfläche hinter dem Haus, an einem davon hängen noch orangegelbe Äpfel. Keine Blätter, nur Früchte, als hätte jemand die Weihnachtsdekoration vergessen. Jelisaweta stellt sich die weißhaarige Frau Hübner, auf einer Leiter stehend, inmitten der Zweige vor. Nein, die steigt auf keine Leiter mehr. Zerbrechlich und leise wirkt sie, ganz anders als die fuchtigen Weiber, die ihr im Krankenhaus in Smolensk untergekommen sind und die den lieben langen Tag zetern wie die Rohrspatzen, manche spucken sogar und schlagen um sich. Von denen haben sich auch etliche die Knochen gebrochen, die wenigsten stehen wieder auf. Wer einmal liegt, bleibt liegen. Mit der da oben hast du es besser getroffen, die sieht aus, als würde man kaum etwas von ihr mitbekommen, fast kann sie einem leidtun. Rasch schüttelt Jelisaweta den Kopf. Dafür wirst du nicht bezahlt, denkt sie, kannst froh sein, wenn sie nicht allzu bald mit dem Atmen aufhört.

Jelisaweta wäscht sich die Hände im Spülbecken und schafft ihren Rucksack in die Küche, um die Proviantreste zu verstauen. Angewidert zieht sie die Nase kraus. Es riecht muffig im Kühlschrank, krümelige Dreckränder verkleben die Glasborde, im Gemüsefach liegen faulige Zwiebeln und sprießende, runzlige Kartoffelknollen in einer undefinierbaren Lake. Stöhnend weicht Jelisaweta zurück und sinkt auf einen wackligen Hocker.

Ihr ist schlecht vor Müdigkeit und Ekel. Aber sie wird putzen, Bad und Küche zuerst, dann ihr Zimmer. Die beste Möglichkeit, sich in einer Wohnung einzugewöhnen, ist, sie zu putzen, würde Olga Iwanowna sagen. Und vermutlich hätte sie recht.

Jelisaweta sieht auf ihre Uhr, vergleicht sie mit der Wanduhr in der Diele, es ist gleich elf. Im Krankenhaus gibt es Mittagessen um zwölf, es bleibt noch eine Stunde. Neben der Küche findet Jelisaweta das Wohnzimmer, über der Lehne eines Veloursofas liegt eine gelbbraune Wolldecke. Nur ein paar Minuten, denkt Jelisaweta, greift sich ein Kissen und streckt sich auf dem Sofa aus.

Ein Geräusch lässt ihren Schlaf aufbrechen wie eine Kruste, missmutig zieht Jelisaweta die Decke zurecht. Als sie spürt, dass ihr Speichel im Schlaf das Kissen befeuchtet hat, schrickt sie auf. Sieht auf die Armbanduhr. Es ist Nachmittag, zwei Uhr zwanzig. Benommen und dennoch hellwach, springt sie vom Sofa, lauscht einen Moment und wirft vorsichtshalber einen Blick in die Küche, ehe sie wie ertappt nach oben eilt.

*

Wie von fern dringt ein Geräusch zu Wilhelmine. Irritiert schaut sie auf, muss eingenickt sein, noch immer hängt der fahle Wintertag im Zimmer. Ihr ist eng um die Brust, ein vages Gefühl von Beklemmung, erst allmählich kehrt die Erinnerung an ihren Sturz aus dem Bett wieder, an Karins Schimpftirade.

War das die Haustüre, die sie geweckt hat?

»Karin?«

Stille. Dann knarrt die Treppe kaum hörbar, die Tür öffnet sich und ein rundliches Gesicht, von dunklen, weich gelockten Haaren umrahmt, schaut herein. Wilhelmine versagt der Atem, ihr wird schlagartig kalt, unwillkürlich schüttelt sie den Kopf, mit winzigen Bewegungen, mehr ein Zittern denn ein Staunen. »Kind …«

»Guten Tag. Ich bin Lisa, Sie haben geschlafen, wenn ich gekommen bin.«

Erst als das stämmige Mädchen schon vor Wilhelmines Bett steht, hat sie sich wieder gefasst, kann tief Luft holen, tastet nach der Brille und setzt sie auf.

»Ach, Sie – sind die Pflegerin …« Erleichtert schüttelt sie die Bilder von sich und betrachtet die junge Frau, die verzagt vor dem Bett steht und die Schultern hebt.

»Es tut mir leid, wenn es spät ist mit Essen jetzt. Ich …«

»Ach, das macht nichts. Ich habe doch erst gefrühstückt.«

»Wollen Sie jetzt etwas, Frau Hübner?«

Wilhelmine lächelt klein. »Hennemann, bitte.«

»Was?«

»Hennemann«, wiederholt Wilhelmine leise. »Ich heiße Hennemann. Wilhelmine Hennemann.«

»Ah, gut. Hat mir niemand gesagt. Wollen Sie Kaffee oder Tee vielleicht trinken?«

»Tee?« Wilhelmine wird wieder warm. »O ja, gerne, wenn es keine Umstände macht. Vielen Dank. Wissen Sie, ich will keinen Kaffee trinken. Das Herz, wissen Sie.«

Die junge Frau nickt, sieht sich im Raum um. Wie ein Tier, denkt Wilhelmine, das sich in fremdem Revier bewegt.

»Sonst etwas?«

Das ist gewiss keine Deutsche, sie spricht mit Akzent, es gibt ja so viele Ausländer jetzt in Frankfurt. Aber wie diese Jugoslawin sieht sie nicht aus, nein, das ist nicht so eine. Wilhelmine spürt Erleichterung.

»Sie schlafen hier im Haus, ja?« Wilhelmine ist unsicher, welche Antwort sie lieber hören mag.

Das Mädchen nickt nochmals, wendet sich zum Gehen.

»Im grünen Zimmer?«

»Da. Gegenüber.« Sie hat die Türklinke schon in der Hand und schaut Wilhelmine über die Schulter hinweg an.

»Es hat schon lange niemand mehr hier geschlafen, wissen Sie. Karin fährt immer abends weg. Sie hat ja auch so viel zu tun. Wie heißen Sie, Fräulein?«

»Lisa. Ich koche Tee.« Dann ist sie verschwunden, sie muss strumpfsockig sein, man vernimmt ihre Schritte kaum, nur das Knarren der Treppenstufen und bald darauf ein hohles Geräusch, also ist der Wasserkessel gegen das Ausgussbecken gestoßen, die Wasserleitung rauscht. Dieses Mädchen zieht eine Schublade nach der anderen auf, Wilhelmine hört das Besteck darin scheppern, den dumpfen Knall, wenn die Lade zugeschoben wird. Ach Gott, da kann sie doch den Tee nicht finden; Wilhelmine wird unruhig, am liebsten liefe sie selbst hinunter, das Kind weiß ja gar nicht, wo alles steht. Jetzt klappert Geschirr, kurz darauf kommt sie die Treppe herauf und stellt einen dampfenden Henkelbecher auf dem Nachttisch ab, richtet Wilhelmine die Kissen im Rücken und ist abermals verschwunden.

*

Unendlich erleichtert kehrt Jelisaweta in die Küche zurück. Das ist ein Mütterchen. Eines von den betulichen, die nie klagen und sich nie beschweren; die sind selten, ein Glücksfall, und diese Feststellung beschwingt sie beinahe. Mit Eifer inspiziert sie die Vorräte: mehrere Kartons haltbare Milch, Tütensuppen, ein paar Eier, etliche Schachteln Frühstücksflocken und neun Dosen Pichelsteiner Eintopf. Sie greift eine davon heraus, betrachtet das Etikett. Diese alte Dame muss wirklich genügsam sein. Jelisaweta stellt die Dose zurück und lässt ihre Schultern kreisen, die vom langen Sitzen im Autobus ganz verspannt sind. Die Stille umgibt sie wie Brei.

Ganz oben im Schrank steht ein dickes Kochbuch, als sie es zur Hand nimmt, rutscht ein vergilbtes Blatt heraus, offenbar der Umschlag einer Gebrauchsanleitung, eine Frau mit Tupfenkleid und strichdünner Taille tanzt pfannenschwingend über eine riesenhafte Herdplatte. Auf der Rückseite ist ein Kochherd abgebildet, ein Elektro-Modell mit zusätzlicher Kohlenklappe, wie man es nicht einmal im hintersten Sibirien mehr fände.

Jelisaweta fühlt über das vergilbte, zerfaserte Papier. Wie alt mag es sein, fünfzig, sechzig Jahre? Behutsam schiebt sie es in das Kochbuch zurück, blättert darin, schaut sich die altmodischen Farbbilder an, bis ihr Blick auf drei Matrjoschka-Puppen zwischen Petersiliensträußchen fällt. Jäh steigt eine längst vergessene Beklemmung in ihr auf; sie sieht das graue Gesicht von Babka und glaubt für einen Moment, den Geruch ihrer Stube riechen zu können.

Wie im Kino ziehen Erinnerungen auf, werden zu Gerüchen, zu Worten, zu Gefühlen, sie kann das Muster der Tapete unter ihren Fingerspitzen spüren. Die Farbe bildet Wälle auf dem Papier, wobei sich die schmalen rostroten dicker anfühlen als die dottergelben breiten. Sie glänzen ein bisschen, wenn die Deckenlampe im Flur angeschaltet ist, doch Jelisaweta knipst sie nicht an. Jedes Mal überkommt sie ein schlechtes Gewissen, wenn sie auf Zehenspitzen zur Toilette schleicht und sich mit den Händen an der Wand entlangtastet. Es sind mehr gelbe Streifen, als Jelisaweta zählen kann, zwischen dem Wohnzimmer, in dem sie mit Mama schläft, und dem Badezimmer; sie braucht fünf Schritte dafür, manchmal sechs, wenn sie besonders vorsichtig geht.

Nur mit dicken Strümpfen darf man es wagen, auf das Linoleum zu treten, sonst verrät das schmatzende Geräusch der nackten Füße auf dem kalten Boden jede Heimlichkeit. Doch auch wenn sie ganz leise ist, passiert es, dass Babkas Stimme aus dem Zimmer dringt: »Jelisaweta! Dawai, dawai!« Dann muss Jelisaweta gehorchen, ob sie will oder nicht. Ergeben öffnet sie die Tür, tritt in den kleinen Raum mit dem staubig-stinkigen Geruch, der auch durch Lüften nicht weggeht. Vielleicht, denkt Jelisaweta, ist es andere Luft, die hereinkommt, nicht die frische, die durch die Fenster der anderen Räume weht, sondern solche für alte Leute, Luft, die stickig und wunderlich riecht. Früher hat Babka noch im Sessel gesessen, jetzt liegt sie immer im Bett, eine Menge Kissen in ihrem Rücken aufgetürmt. Auch die gehäkelten aus grellbunter Wolle sind dabei, mit denen Jelisaweta so gerne gespielt hat. Traurig sieht sie darauf, sie sind zum Spielen nicht mehr zu gebrauchen, jetzt, wo Babkas Rücken sie berührt hat.

»Jelisaweta soll sich setzen.« Babka spricht immer so mit ihr. »Wo ist Jelisaweta gewesen?« Es ist eine fremde Sprache, obwohl Babka natürlich Russisch spricht. Manchmal wundert Jelisaweta sich, warum andere Großmütter mit ihren Enkeln nicht so reden, aber das sind auch Babuljas, keine Babkas.

»Jelisaweta soll sich die Geschichte vom Puppenschnitzer anhören.«

Jelisaweta nickt, sie kennt sie längst, diese Geschichte, sie hat sie schon oft gehört, mindestens tausendmillionenmal. Trotzdem: Wenn Jelisaweta zu Babka muss, ist diese komische Angst, dieses Gruseln in ihr drinnen. Es ist eklig, aber auch ein bisschen schön, deswegen bringt Jelisaweta es sowieso nicht fertig, abzulehnen. Vermutlich würde die Babka sich auch nicht darum scheren und die Geschichte dennoch erzählen, wieder und wieder, während Jelisaweta im Sessel kauert, die Holzpuppe umklammert hält und mit zitternden Fingern über die Fuge in dem runden Bauch reibt.

»Prokljataja fignja!«, flucht Jelisaweta und reißt sich in die Wirklichkeit zurück, wendet sich wieder dem Kochbuch zu und betrachtet die Abbildung des Tellers mit gefüllten Eiern, neben dem die Puppen dekoriert sind. *Russische Eier* steht in der Legende daneben. Jelisaweta rümpft die Nase. So ein Blödsinn. Sie stellt das Buch in den Schrank zurück und greift nach der Dose mit dem Eintopf. Sucht nach Töpfen und Schüsseln und findet schließlich sogar ein Tablett mit Klappfüßen, doch die Leichtigkeit stellt sich nicht mehr ein. Als sie die gewärmte Suppe nach oben trägt, hört sie auf halber Treppe leise Rufe und hält inne. Die graue Beklemmung will wieder nach ihr greifen. Das ist nicht die Babka, sagt sie sich, sei nicht so verrückt, das ist eine harmlose alte Frau, die nach dir ruft. Dann steigt sie entschlossen die Stufen hinauf.

*

Wilhelmine lehnt sich zufrieden zurück. So umsichtig, das Kind. Wie alt sie sein mag? Wilhelmine schluckt, sucht rasch nach der Illustrierten, die hat sie doch vorhin lesen wollen. Vielleicht hat das Mädchen sie mitgenommen. Ob sie nach ihr rufen soll? Wie hieß sie noch?

»Hallo?« Noch einmal ruft sie, nur wenig lauter. »Hallo!«

Augenblicke später ist das Mädchen da. Es bringt das kleine Klapptischchen, das Karin gekauft hat, und stellt es Wilhelmine über den Schoß.

Wilhelmine sieht in den Teller, greift langsam nach einer Brotscheibe und bricht nach und nach kleine Bröckchen davon ab, während das Mädchen im Badezimmer herumhantiert, Wasser laufen lässt und die Toilettensachen hin und her räumt. Aufmerksam lauscht Wilhelmine auf jeden Handgriff. Das sind meine Sachen, will sie einwenden und ruft zaghaft: »Das müssen Sie aber nicht tun, mein Kind.«

»Doch, muss ich. Ist alles gedreckt.«

»Ja, wissen Sie, ich liege ja schon seit Wochen. Erst im Krankenhaus und dann hier.«

»Hat niemand saubergemacht?« Das Mädchen tritt aus dem Badezimmer, den Scheuerlappen in der Hand.

»Ach, ich habe es immer gerne getan. Meistens am Morgen, ich stehe sehr früh auf, wissen Sie. Das hab ich auch so gehalten, nachdem mein Mann tot war, ach, das ist ja so lange her. Bis Mittags war alles tipptopp, auch der Garten, wissen Sie. Das habe ich mir gewünscht, damals, als wir das Haus gebaut haben, mein Mann und ich. Dass ich einen großen Garten bekomme. Wir konnten uns das eigentlich nicht leisten, so ein großes Grundstück, es war ja nicht lange nach dem Krieg. Da haben wir das Haus ein bisschen kleiner gebaut, wir waren ja nur zu zweit.«

Und während das Mädchen alle Kristalltiegel auf der Frisierkommode poliert, emsig Spiegel und Türen abledert, erzählt Wilhelmine vom Garten; von den Rosen, den schönen dunkelroten; von dem Knöterich hinten am Haus, der ihr Kummer bereitet, wer soll ihn denn schneiden, im Frühjahr, wo sie doch schon im Herbst nicht mehr dazu kam? Sie hat lange nicht mehr so viel erzählt, es kommt ihr vor, als hätten sich Sätze und Wörter in ihr angesammelt, sie stauen sich beim Sprechen zuweilen und sprudeln dann umso rascher hervor.

Das Mädchen greift nach dem noch vollen Teller über Wilhelmines Schoß, hebt kurz die Brauen. »Ist das schon fertig?«

»Ach ja, wissen Sie, Eintopf …« Wilhelmine versucht zu lächeln, doch es will ihr nicht recht gelingen. »Aber vielen, vielen Dank, Fräulein.«

»Frau Hübner hat gesagt, Sie essen so gerne.«

»Ja? Ach …«

»Was ist mit Tee?«

Wilhelmine seufzt. »Der ist mir … ein bisschen zu

stark, entschuldigen Sie. Ich bin das nicht gewohnt, sonst trinke ich keinen schwarzen, immer nur Kräutertee und …«

Das Mädchen hebt gleichmütig die Schultern. »Mache ich Kräutertee, kein Problem.« Wilhelmine will protestieren, doch da ist sie schon die Treppe hinunter. Bald darauf kehrt sie zurück, mit mehr Brot und dazu Rührei und einem neuen Becher Tee, dieses Mal von der richtigen Sorte.

Wilhelmine sieht sie dankbar an. »Mein Gott, ich mache Ihnen so viele Umstände.« Mit Appetit isst sie ihr Rührei, später, als das Mädchen fort ist, trinkt sie den Tee.

Von draußen dringt dumpfes Pochen zu ihr, ein vertrautes Geräusch, Wilhelmine kommt bloß nicht darauf, was es ist. Nein, die Heizung ist es nicht, die klingt anders, härter. Ach, ist tatsächlich jemand mit dem Teppichklopfer zugange? Wie lange hat sie dieses Geräusch nicht mehr gehört? Das macht doch kein Mensch mehr, heutzutage, obwohl ein Teppich ja nur mit Klopfen richtig sauber wird. Damals in Frankfurt, ja, da wurde noch geklopft, unten im Hof, die Kinder haben an der Teppichstange Klimmzüge gemacht, sie hört noch deren Gelächter durch den engen Hof hallen, wenn Wilhelmine ihnen mit gespieltem Ernst und hoch erhobenem Klopfer hinterhergerannt ist.

Energisch pocht der Takt durch den Winternachmittag. Es muss doch bitterkalt sein, da draußen. Ob die junge Frau von nebenan …? Nein, die sicher nicht, das kann Wilhelmine sich nicht vorstellen. Sie blättert in der

Illustrierten, legt sie lustlos zur Seite, schaltet vorsorglich die Leselampe ein, damit die Dämmerung sie nicht unversehens überfällt.

Kurz darauf kommt das Mädchen die Treppe hinauf, dieses Mal mit schwereren Schritten, sie trägt eine Teppichrolle ins grüne Zimmer.

So ein braves Kind. Wilhelmine lächelt. Es ist gut, so eine im Haus zu haben, Geld hin, Geld her.

Das wird teuer werden, so eine Rundumpflege, hat Karin gesagt, da wird bald die ganze Rente für draufgehen. Wilhelmine war erschrocken. Beruhige dich, hat Karin gesagt, du bist ja nicht allein, wir helfen dir schon. Wilhelmine lehnt sich zurück. Ja, sie ist ganz ruhig jetzt, das Mädchen ist ja da. Wilhelmine muss sie unbedingt nach ihrem Namen fragen.

»Fräulein …?«

Das Mädchen tritt ein, nimmt die leere Tasse, Wilhelmine greift nach ihrer Hand, drückt sie sachte. Sie ist warm und weich und erschreckend lebendig. »Sie sind ja so fleißig, liebes Kind. Seien Sie bitte so nett und schalten das Licht ein, bitte. Es wird ja schon bald dunkel. Vielen, vielen Dank.«

Die andere nickt wortlos, macht Licht und huscht davon.

*

Frau Hennemann schläft. Ihre Hände ruhen auf einer zerlesenen Zeitschrift. Jelisaweta tritt näher, betrachtet das welke Gesicht, den schmalen Brustkorb, der sich ganz sachte hebt und senkt. Befriedigt nimmt sie den leeren

Abendbrotteller vom Nachttisch, greift nach dem schnurlosen Telefon und verlässt leise das Zimmer.

»Ja, Mama, ich bin gut angekommen.«

»Wo bist du jetzt?«

»Im Haus der alten Frau. Ein kleines Haus, sehr ruhig und im Grünen, und die alte Frau ist ganz friedlich.«

»Wieso im Grünen? Ich dachte, du gehst nach Frankfurt!«

»Es ist etwas außerhalb, so eine Art Vorort.«

»Aha.« Jelisaweta hört, wie Mama an der Zigarette zieht. »Dann hast du umsteigen müssen?«

»Nein, der Neffe der alten Frau hat mich in Frankfurt abgeholt, mit dem Auto, ich weiß nicht, ob hier ein Zug …«

»Wo ist er jetzt?« Mamas Stimme bekommt wieder diesen Tonfall, bei dem Jelisaweta sich automatisch dumm stellt.

»Wer? Der Zug?«

»Dieser Mann, dieser Neffe!«

Er krault mir die Füße, reizt es Jelisaweta, zu sagen, doch sie stöhnt nur leise, so leise, dass Mama es nicht mitbekommt.

»Hör zu, Mama, ich bin allein in diesem Haus, allein mit einer Neunzigjährigen. Hier ist sonst niemand. O. k.?«

Mama schweigt, es rauscht, also bläst sie Zigarettenqualm oder Atemluft in den Hörer.

»Telefonierst du mit deinem Handy?«

»Nein, Mama, ich hab doch noch keine Karte.«

»Lass dir eine von denen bezahlen, das sind sie dir schuldig, hörst du?«

»Ja, ist ja gut, Mama, ich weiß. Ich benutze das Telefon von der Oma.«

»Gut so, gib mir für alle Fälle die Telefonnummer, Lisotschka.«

Jelisaweta lässt ihren Finger über die Telefonliste gleiten, doch da steht nichts von Hennemann. Sie will schon verneinen, da fällt ihr der Aufkleber auf dem Hörer auf. DEINE NUMMER, steht in großen roten Buchstaben darauf. »Schreibst du mit, Mama? Hast du Mascha gesehen?«

»Ich sag ihr, dass du sie morgen anrufst. Am Nachmittag, sie hat Frühschicht.«

»Das weiß ich doch, Mama.«

»Wer ist noch bei dir?«

»Niemand, Mama. Das ist nur der Fernseher.«

»Bestimmt?«

Jelisaweta unterdrückt ein Seufzen. »Hier ist nur die alte Frau. Die schläft.«

»Denk daran, Lisotschka, dass du dich nicht mit Männern einlässt. Schon gar nicht mit deutschen.«

»Ist gut, Mama! Ich rufe morgen wieder an.«

Jelisaweta verschließt die Haustür, lässt Badewasser in die frisch geschrubbte Wanne laufen, findet einen Badezusatz, auf dem etwas von Entspannung steht, und legt sich ins warme Wasser. Sie könnte nicht sagen, was sie mehr angestrengt hat: die drei Tage lange Busreise oder die fünf Minuten, die sie mit Mama gesprochen hat.

Mama. Das Gespräch klebt an Jelisawetas Gemüt wie ein schlechtes Gewürz, und nicht einmal die Aussicht auf drei Monate, in denen sie baden wird, sooft es ihr passt, essen wird, was und wann sie mag, und sonntags fahren kann, zu wem und wohin sie will, bringt die Leichtigkeit, auf die sie sich so gefreut hatte. Es bleibt immer der Gedanke an Mama und deren sinnlose Appelle und Vorstellungen. Und wieder einmal, ganz zaghaft nur, gesteht sie sich ein, dass Mama ihr zuwider geworden ist. Dass nichts mehr übrig ist von der großen Zauberin, die Mama einmal gewesen war. Damals, bevor sie nach Smolensk gezogen sind und Jelisaweta sich beim Einkaufen zitternd hinter dieses Konservenregal gedrückt und versucht hat, durch die Latten spähend, den Boden abzusuchen …

Jelisaweta erkennt die Stimme von Valentina Nikolajewna. Valentina Nikolajewna ist spitznasig und hinkt. Jelisaweta hat sie nie aus der Nähe gesehen, denn Mamas geheimnisvoller Zauber bewirkt, dass Valentina Nikolajewna immer die Straßenseite wechselt, wenn Jelisaweta an der Hand ihrer Mutter näher kommt. Eine Weile hat Jelisaweta geglaubt, es sei ihr eigener Zauber, und versucht ihn andersherum funktionieren zu lassen. Doch Valentina Nikolajewna ist weder stehen geblieben, noch hat sie zu hinken aufgehört, und auch das Kopftuch ist ihr nicht auf die Schultern gerutscht. Sie wechselt bloß immer die Straßenseite. Also ist es Mamas Zauber.

»Möchte wissen, von wem die das Balg hat«, sagt eine andere, es muss die mit dem grünen Kopftuch sein, die fast immer hier ist und mit der Verkäuferin redet, wenn Jelisaweta mit Mama zum Einkaufen kommt.

»Das will sie wohl selbst gerne.«

Alle kichern.

Selbst wenn Mama und Jelisaweta nicht erst Augenblicke zuvor das Geschäft verlassen hätten, wäre Jelisaweta von jedem Zweifel frei gewesen, dass es bei dem Gespräch um Mama geht. Und um Babka. Um ihre Familie, mehr sind sie ja nicht. Sie geht in die Hocke, sucht den Boden durch einen der unteren Schlitze im Regal ab. Endlich sieht sie einen Zipfel des geblümten Baumwollstoffs hinter der riesigen Kartoffelkiste hervorlugen. Ohne nachzudenken und ohne die Matronen anzuschauen, stürmt Jelisaweta aus ihrem Versteck hervor, schnappt sich den Stoffhasen und flüchtet auf die Straße hinaus.

»Ich hab ihn«, ruft sie und rennt auf Mama zu. Bleibt vor ihr stehen und präsentiert ihr das geliebte Tier, bevor sie mit der freien Hand nach einem Henkel der schwarzen Einkaufstasche greift und sie gemeinsam mit Mama anhebt.

»Mama, was ist ein Balg?« Dabei weiß sie längst, dass sie auch dieses Mal keine Antwort bekommen wird.

Jelisaweta schreckt auf. Schlaftrunken sucht sie in der Dunkelheit nach der Uhr, fühlt eine Wand, wo der Nachttisch sein sollte. Erst dann begreift sie, wo sie ist. Da ist ein Geräusch gewesen, jemand hat nach ihr gerufen. Jelisaweta lauscht, tastet nach der Lampe. Sie hat ihre Tür offen stehen lassen und die von Frau Hennemann nur angelehnt. Jelisaweta setzt sich auf und schlingt sich das Wolltuch um die Schultern, offenbar schaltet sich die Heizung in der Nacht ab. Leise schleicht sie zum Schlafzimmer. Das Licht ihrer Nachttischlampe reicht bis zum Bett der alten Dame. Die liegt vollkommen ruhig, die

Augen geschlossen. Jelisaweta wartet einen Moment, zieht das Tuch fester und wendet sich zum Gehen. Es muss ein Traum gewesen sein. Gerade als sie die Tür wieder anlehnen will, beginnt Frau Hennemann zu röcheln, atmet schwer und unregelmäßig.

»Hies-a.« Und wieder: »Hies-a.« Also doch. Frau Hennemanns Augen sind noch immer geschlossen, doch ihr Kopf und die Hände zucken. Sie träumt, denkt Jelisaweta verwundert. Von mir. Schon so bald.

Zwei weitere Male wird Jelisaweta in dieser Nacht geweckt. Leises Wimmern dringt aus dem Schlafzimmer, doch wieder liegt Frau Hennemann schlafend, etwas scheint sie im Traum zu quälen. Todmüde denkt Jelisaweta an das Baby, den kleinen Friedrich, um den sie sich in ihrer Au-pair-Zeit in Darmstadt gekümmert hat. Wenn er während seiner Schläfchen geweint hatte, brauchte Jelisaweta ihm nur seinen Schnuller in den Mund zu schieben, schon war er still. Einen Augenblick überlegt sie, ob das bei Frau Hennemann auch funktionieren würde, und muss grinsen, dann schließt sie beide Türen, zieht sich die Decke über den Kopf und schläft endgültig ein.

Gegen halb elf am Vormittag, Frau Hennemann hat in einer winzigen Portion Frühstücksflocken gepickt, erscheint deren Nichte mit einem Wäschekorb unter dem Arm.

»Oh, Sie haben schon alles saubergemacht, Lisa? Das ging aber schnell.« Sie stellt den Korb ab und schaut sich in der Küche um. »Hier ist etwas Bügelwäsche, Sie haben mit der Tante ja nicht viel zu tun.« Mit einem zierlichen

Schlüssel an ihrem Schlüsselbund sperrt sie eine kleine Klappe in der Diele auf, holt Briefe heraus und stopft sie in ihre Handtasche. »So, und nun kommen Sie, ich zeige Ihnen den Weg zum Supermarkt.«

Es schneit. Scharfe Windböen fegen den frisch gefallenen Schnee wie weiße Wolken von den Tannenzweigen. In Frau Hübners Auto dudelt ein deutscher Schlager etwas von Wind und Meer.

»Der Supermarkt ist gleich dort, die Straße runter.« Frau Hübner verlangsamt den Wagen, zeigt in eine Querstraße. »Da kriegen Sie den Eintopf und frisches Brot. Dort drüben ist das Postamt, in der Telefonzelle nebenan können Sie telefonieren, und gleich gegenüber ist der Sanitätsladen, da gibt es Windeln. Ich muss noch schnell in die Reinigung, dann fahren wir wieder zurück.« Frau Hübner parkt auf dem Gehweg, steigt aus und kommt mit einem Arm voller folienverpackter Pastelltöne zurück.

»Wir verreisen nämlich ein paar Tage, in die Sonne. Sie kriegen die Tante ja in den Griff, wie ich sehe.«

»Verreisen? Wer kommt dann Sonntag?«

»Sonntag?«

»Ich habe frei an Sonntag.«

»Ach so … Hm, ja. Nun, Sie brauchen nur alle paar Stunden mal nach ihr zu sehen, zum Essen kommen Sie doch sicher sowieso nach Hause. In der Zwischenzeit ziehen Sie ihr einfach Windeln an.«

»Windeln.« Jelisaweta presst die Lippen aufeinander, betrachtet Frau Hübner von der Seite. Sie hat sich vorgenommen, am Sonntag nach Darmstadt zu fahren, um in den vertrauten Straßen umherzubummeln, auch wenn sie wenig Lust verspürt, ihre alte Gastfamilie zu besuchen.

Aber Frau Hennemann einen ganzen Tag allein lassen? Jelisaweta wird Frau Hübner klarmachen müssen, dass das eine Ausnahme ist. »Was ist mit Supermarkt?«

»Dort unten, einfach die Straße hinunter.« Frau Hübner fährt auf die Hauptstraße.

»Fahren Sie nicht hin jetzt?«

»Es ist noch genug da, ich habe für die ganze Woche eingekauft.«

»Nur Hunde essen immer von Dose«, antwortet Jelisaweta scharf.

Frau Hübner läuft rot an, ihre Augen werden schmal. Nach einer Weile hebt sie die Schultern, wendet den Wagen in einer Einfahrt. »Nun gut, wenn es sein muss, dann kaufen Sie eben etwas anderes.«

Unter Frau Hübners spitzen Blicken lädt Jelisaweta Äpfel, Weißkohl, Käse, Mehl und Hackfleisch in den Einkaufswagen. Im Geist stellt sie einen Speiseplan für die nächsten Tage zusammen, wie sie es zu Hause auch tut, wenn Mama Frühschicht hat und Jelisaweta mit Kochen an der Reihe ist.

»Das wird ja wohl reichen.« Frau Hübner beargwöhnt den vollen Einkaufswagen, sucht am Regal nach dem Preis für den Käse. Demonstrativ legt Jelisaweta ein Paket Tee, eine Mango und zwei Tafeln ihrer Lieblingsschokolade obenauf. Schweizer Schokolade, die zergeht wie Butter auf der Zunge, an diese Sorte erinnert sie sich noch ganz genau.

»*Jetzt* wird das reichen«, erwidert Jelisaweta. Das seid ihr mir schuldig, denkt sie und sieht Frau Hübner herausfordernd an.

*

Die Heizung klopft, ansonsten ist es still. Karin ist schon wieder weg, sie hat das Mädchen mitgenommen, wie heißt sie doch gleich? So ein nettes Mädchen, fleißig und unaufdringlich. Wilhelmine weiß nicht, wann die beiden wiederkommen oder wohin sie gefahren sind. Die jungen Leute ziehen ihre eigenen Kreise, Wilhelmines Bahn berühren sie kaum. Auch wenn sie alles um ihretwillen tun. Ein hübsches Mädchen, sie sieht ihr so ähnlich, die Haare ... Genau die gleiche Farbe, der gleiche seidenweiche Fall, glänzend und dunkel wie Bitterschokolade. Wilhelmine kann sie zwischen ihren Händen spüren, fährt hindurch, wickelt eine Strähne um ihren Finger ... Ach, nein! Sie muss Karin an die Heizung erinnern, ja, das muss sie. Die Heizung.

Es ist ein unbequemes Gefühl, das Haus mit jemandem teilen zu müssen. Man verborgt ja auch seine Wäsche nicht. Das Haus verändert sich, sobald ein Fremder es bezieht, selbst wenn es das eigene Haus bleibt, es nimmt ein Stück fremder Seele an wie einen Geruch. Häuser sind zugänglicher als Menschen.

Wilhelmine überlegt, ob sie den Seelengeruch dieses Mädchens mag, der sich in ihrem Haus breitmacht. Wie heißt sie noch? Oder bildet sie sich das alles nur ein, und Häuser sind in Wirklichkeit viel unbeirrbarer? Wenn sie die Augen schließt, kann sie ihr Elternhaus riechen, einen schweren, holzigen Geruch, sie streicht über den Eichenrahmen des Kanapees, das in der Wohnstube stand, spürt die winzigen Knötchen der Polster, Kreuzstich, von der Großmutter eigenhändig gestickt, Oma Agnes, sie sieht sie an dem großen Tisch in der Küche stehen und plätten, auch das ein Geruch, der ins Haus gehörte, der Duft dampfender Wäsche, die man nicht berühren durfte, damit sie nicht wieder schmutzig wurde. So hat es später nie wieder gerochen, in Berlin nicht, oder?

Rasch zieht Wilhelmine die Decke höher. Daran erinnert sie sich nicht. Bestimmt nicht. O nein!

In Frankfurt unten, wie war es da? Der säuerlich-kalte Gestank von Metall und Gummi fällt ihr ein, der speckige vom Teer der Fahrbahn, sie kann die ewig kühlen Terrazzostufen im Treppenhaus fühlen, die aussahen wie frisch aufgeschnittener Presskopp und die sie wohl Tausende Male auf- und abgelaufen ist. Sie hört die Stimmen der Kinder, Apfelkuchen, immer wieder Apfelkuchen, Tante Mine, back uns Apfelkuchen. Eine laute Zeit, gleich an der Straße, die Autos wurden immer zahlreicher, nur hinter dem Haus, im Hof, da war es ruhiger, da stand die große Erle und gab Schatten, während die Kinder sich aus den monströsen Kisten, die sich im Lager stapelten, Häuser bauten, mit Dach und Fensterläden. Irgendwann waren sie fort, die Erle und die Kinder auch, und aus dem Hof wurde ein Parkplatz, die Kundschaft geht vor, hatte Paul immer gesagt.

Ja, der war so ganz anders gewesen als ihr Josef, obwohl er kaum drei Jahre jünger als sein Bruder war. Die Kundschaft seiner Eisenwarenhandlung war ganz oben in Pauls Hierarchie angesiedelt, den guten Kunden hielt er persönlich die Türe auf und lieferte kostenlos an, und wenn es bloß ein paar Schrauben waren, notfalls war er dafür bis spät abends unterwegs. Für seine Kinder hat er nie Zeit gehabt. Ach. Wilhelmine atmet tief aus.

Wonach mag dieses Haus hier riechen? Sie runzelt die Brauen, weiß es nicht recht, obwohl sie es seit vierzig

Jahren bewohnt. Den eigenen Geruch nimmt man nicht wahr, erst jetzt, da das Haus beginnt, ihr zu entgleiten, bemerkt sie eine Veränderung.

Sie hätte das Mädchen um ein Buch bitten sollen, doch die Bücher sind alle im Arbeitszimmer, da soll sie nicht hinein, soll nicht herumkramen können zwischen den Sachen, die niemanden etwas angehen und zu denen Wilhelmine nicht einmal selbst mehr Zugang hat.

Wo sie nur bleibt? Wilhelmine spürt, dass sie bald zur Toilette muss, tastet unter das Nachthemd, aber da ist keine Windel, nur der Schlüpfer. Hoffentlich kommt das Mädchen bald. Wilhelmine sucht nach einem Handtuch, das sie notfalls unterlegen könnte, findet nur die Serviette vom Frühstück, die hat sie liegenlassen, die Lisa. Ja, Lisa, so heißt sie.

»Lisa?« Wilhelmine weiß doch, dass niemand im Haus ist. Sie presst die Klingel. Alles bleibt still, nur die Heizung klopft beharrlich. Der Druck auf den Anus, sie wird es nicht zurückhalten können, da ist sie sicher, das konnte sie früher einmal, als junge Frau, aber das ist lange her. Kalter Schweiß bricht ihr aus, der Atem geht schneller. Ach Gott, die Matratze ... Lisa!

Sie muss aufstehen, das Malheur beseitigen, wenn sie doch nur aufstehen könnte, die Beine aus dem Bett brächte und sich am Nachttisch abstützen könnte ... Nein, Wilhelmine kann nicht aufstehen, sie wird aus dem Bett fallen, wie gestern, und jämmerlich auf dem Vorleger liegen, bis jemand kommt und schimpft, als sei sie nicht mehr richtig gescheit.

Sie wagt sich kaum zu bewegen, reckt nur den Arm,

bekommt den Zipfel der Serviette zu fassen und schüttelt sie, die gute Damastserviette, dass der silberne Serviettenring zu Boden poltert. Dann versucht sie, das ausgebreitete Tuch unter sich zu schieben. Jetzt ist auch ihre Hand beschmutzt, herrje, sie spürt, dass ihr die Röte heiß ins Gesicht schießt.

Wilhelmine ergibt sich, liegt stumm und unbeweglich, um es nicht noch schlimmer zu machen.

So ist er, der Anfang vom Ende, es hört auf, wie es angefangen hat. Wenn sie bloß nichts mehr davon mitbekäme. Wilhelmine verflucht ihren Verstand. Das hat sie schon einmal getan, damals, als es schlimmer nicht mehr ging. Diesen Geist verwünscht, der alles noch unerträglicher macht, der noch immer nicht schlappmachen will, sondern funktioniert, wie ihr Körper es tun sollte, und den alle loben, als sei Wilhelmine gerade drei Jahre alt.

Wie soll sie dem Mädchen das nur zumuten? Das ist das Schlimmste, diese Scham. Wenn die Würde verlorengeht, bleibt nichts als Scham und Abscheu vor dem eigenen Körper, Wut und die grenzenlose Hoffnung, dass es endlich vorbei sein möge. Die Augen brennen. Wenn sie doch weinen könnte, aber die Tränen sitzen zu tief.

Nach einer Ewigkeit schlägt draußen eine Autotür. Wilhelmine zittert am ganzen Körper, riecht und spürt mit Ekel die nasskalte Lache, in der sie liegt. O Gott, wenn nur Karin nicht heraufkommt! Vorsichtig zieht Wilhelmine mit der sauberen Hand die Decke glatt, vielleicht kann sie es eine Weile verbergen.

Sie liegt, wartet, wagt nicht zu rufen. Dann endlich sind Lisas Schritte auf der Treppe zu hören, und das vertraute Schokoladenhaar erscheint im Spalt zwischen Rahmen und Tür. Es dauert, bis Wilhelmine ihre Sprache wiederfindet.

»Fräulein Lisa. Es … es tut mir so leid. Ach … wie gut, dass Sie kommen.«

»Was ist?«

Wilhelmine wagt nur ein Flüstern. »Ach ich … ich glaube, es ist … ein bisschen was danebengegangen.«

Mit raschem Griff und ohne eine Miene zu verziehen, holt Lisa Handtücher aus dem Bad, und ehe Wilhelmine weiß, wie ihr geschieht, hat Lisa sie auf Alberts Bett gepackt und das Laken abgezogen. Wilhelmine wagt nicht, das Mädchen anzusehen, während die ihr die Beine anwinkelt und die verdreckte Unterhose abstreift. Wilhelmine wendet den Kopf, versucht sich vorzustellen, dass sie durch den Garten liefe, zwischen den duftenden Rosensträuchern hindurch, die Sonnenstrahlen auf der Haut spürte, doch es gelingt ihr nicht, zu deutlich packt die kräftige Hand des Mädchens zu, hebt ihr ein Bein nach dem anderen an und fährt mit dem Waschlappen daran entlang, über den Po, die Scham. Wilhelmine hält die Augen fest geschlossen. Wenn sie doch Tränen hätte.

»Entschuldigen Sie bitte, Fräulein Lisa, ich wollte nicht …«

»Ist ja gut, nicht schlimm, ich mache alles weg, und fertig.«

Mit einem tiefen Seufzer sinkt Wilhelmine in die Kissen zurück. Ein gutes Mädchen, Wilhelmine schickt ihr ein vorsichtiges Lächeln. Was würde sie ihr alles sagen wollen, wenn sie könnte?

Erst nach dem Essen tastet Wilhelmine nach Lisas Fingern, streichelt sanft über die feste, warme Haut. »Ach, Kind, das hat aber geschmeckt. Sie sind ja so gut zu mir.« Sie hat ihr Butternudeln mit Haschee gebracht, das hat Wilhelmine seit Ewigkeiten nicht mehr gegessen.

»Ich heiße Lisa.« Das Mädchen lächelt matt, entzieht ihr ohne Hast die Hand und stellt das Geschirr beiseite. Kommentarlos rückt sie den Toilettenstuhl ans Bett. »Wollen Sie?«

»Ach bitte, ja.« Wilhelmine nickt, wieder kommt Scham über sie, doch Lisas Blick verrät nichts vom Malheur des Morgens, mit Umsicht hilft sie ihr zum Stuhl, beinahe hat es den Anschein, als könnte Wilhelmine selbst auf ihren Beinen stehen. Noch ehe sie nachhelfen kann, rutscht der Schlüpfer herab, er ist weit geworden, entsetzlich weit. »Danke, Kind.« Sie lässt sich nieder, beobachtet Lisa, wie sie die Balkontür einen Spalt öffnet, sich hinauswindet und Wilhelmines Bettdecke vor dem schmiedeeisernen Geländer ausschüttelt, die Tür dann rasch wieder schließt, es ist noch immer beißend kalt draußen.

Das Telefon dröhnt. Läutet jenen durchdringenden Dreiklang, an den Wilhelmine sich nicht gewöhnen kann, jedes Mal erschrickt sie über das Geräusch, das sie an einen herannahenden Krankenwagen erinnert. Karin hat ihr den Apparat mitgebracht, der alte grüne mit der Wählscheibe war Wilhelmine lieber, der stand unten, auf der Truhe in der Diele. »Da kommst du doch gar nicht mehr ran, Tante Minchen«, hat Karin gesagt. Natürlich hat sie recht, die Karin, aber wann klingelt bei Wilhelmine schon das Telefon?

Über Alberts Bett gebeugt, angelt das Mädchen das Martinshorn aus der Bettritze und bringt es zu Wilhelmine herüber.

Wilhelmine schüttelt den Kopf, wehrt mit den Händen ab, nein, man kann doch nicht mit jemandem telefonieren, während man auf der Toilette sitzt, das schickt sich wirklich nicht. »Gehen Sie doch bitte ran, Fräulein Lisa, das wird Karin sein.«

Lisa drückt routiniert die Taste, die Wilhelmine stets vergisst, das Ding ist so ungewohnt, früher musste sie auch nur den Hörer von der Gabel nehmen.

Dann spricht Lisa.

Lachend spricht sie in das Telefon.

Spricht Worte, längst vergessen geglaubte, beißende Worte, und Wilhelmine ist, als risse ein Vorhang entzwei, hinter dem sie sich all die Jahrzehnte verborgen hatten.

Wilhelmine versteht kein Wort und begreift. Fassungslos starrt sie das Mädchen an, krallt die Finger in die Klopapierrolle. Dass ihr Mund offen steht, merkt sie erst, als der Kiefer zu zittern beginnt.

»Raus.« Beinahe ein Flehen, ihre Stimme ist heiser, ihr Herz wummert, dass der Körper mitschlägt. Sie muss sich räuspern und wiederholt es lauter: »Raus!«

Lisa dreht sich um, das Lachen steht noch in ihrem Gesicht, als sie auf Wilhelmine zukommt. »Fertig?«

Wilhelmine sieht und fühlt nichts mehr, spürt nichts als die rasende Kraft, die aus ihr herauswill. Ohne nachzudenken, schlägt sie zu, so fest sie kann, trifft den Arm der anderen, deren Miene augenblicklich gefriert. »Fass mich nicht an!«, schreit Wilhelmine. »Verschwinde!«

Das Mädchen weicht zurück, hebt die Hände. »Hey, ist gut, alles in Ordnung. Ich warte.«

»Raus, hab ich gesagt!« Der Zorn sitzt tief in ihren Gliedern, am liebsten spränge sie auf, um dieses Weib aus dem Haus zu prügeln; doch ihr Körper lähmt sie. Nie war er ihr ein größerer Feind. Mit aller Kraft wirft sie die Papierrolle nach ihr, trifft sie am Bauch. »Raus.«

Das Mädchen schüttelt den Kopf, bückt sich nach der Rolle. Da packt Wilhelmine das volle Wasserglas, das auf dem Nachttisch steht, und schleudert es in Lisas Richtung. Wasser spritzt, die Russin schreit auf, das Glas verfehlt nur knapp ihre Schläfe, landet mit dumpfem Schlag auf dem Teppich.

»Da, poschla ty na chui!« Jetzt brüllt auch die Russin und zieht die Tür mit Nachdruck hinter sich zu. Das Poltern ihrer Schritte auf der Treppe vermengt sich mit dem Puls, der in Wilhelmines Ohren dröhnt, zu einem bedrohlichen Getöse und kratzt jäh an ihrer Erinnerung. Wie Geister tauchen Bilder auf, höhnisch grinsende Gespenster, Wilhelmine sträubt sich, krallt ihre Finger in die Armlehnen, bis das Herz sich mit Mühe beruhigt. Sie atmet tief, spürt, dass der Schmerz wieder in ihrem Rücken aufsteigt und sie in die Gegenwart zurücktreibt. Sie muss von diesem Stuhl herunter, und das Weib muss aus dem Haus.

Wilhelmine beugt sich zur Seite und angelt den Telefonapparat vom Nachttisch. Sie braucht mehrere Anläufe, bis sie die Nummer korrekt in die Tasten gedrückt bekommt und Dieter sich endlich meldet.

»Du musst kommen«, bringt sie hervor, »ich will ins Bett zurück.«

»*Was* ist los? – Warte mal, Franz, einen Moment.« Dieter telefoniert wieder mit zwei Telefonen gleichzeitig, das tut er immer. »Was ist, Tante Minchen, ist alles in Ordnung?«

»Du musst herkommen, Dieter, sofort.«

»Ich rufe gleich zurück, Franz, ja? – So, Tante Mine, was gibts denn?«

»Komm her, schnell.«

»Jetzt sag mir doch erst mal, was passiert ist, bist du schon wieder aus dem Bett gefallen?«

»Ich bin auf dem Stuhl.«

Dieter seufzt, Wilhelmine hört, wie er nach Karin ruft, es klingt wattig, wahrscheinlich hält er den Hörer an seinen Pullover gedrückt. Nach einer Weile dröhnt Karins Stimme aus dem Apparat.

»Was ist denn nun schon wieder los, Minchen?«

»Einer muss kommen.« Wilhelmines Stimme verliert an Halt. »Jetzt gleich.«

»Ach, Minchen.« Karin klingt genervt. »Wo ist denn die Lisa, die hilft dir doch wieder ins Bett.«

»Von so einer lass ich mich nicht anfassen!«

Karin schnappt hörbar nach Luft. »Warum denn das auf einmal?«

»Sie soll weg.«

»Tante Minchen, jetzt werde vernünftig, was soll das?«

Wilhelmine schweigt, kaut auf ihrer Unterlippe.

»Hör zu, ich muss dringend Koffer packen, ich hab jetzt wirklich keine Zeit für so einen Unsinn. Gib mir die Lisa mal ans Telefon.«

»Nein! Du sollst kommen. Ich friere, und ich will wieder ins Bett. Soll ich krank werden?«

Auf der anderen Seite wird das Telefon aufgelegt.

Die Kälte steigt Wilhelmines nackte Beine empor. Die können sie doch nicht einfach hier sitzen lassen!

Nochmals wählt sie die Nummer, wieder meldet sich Dieter.

»Karin muss aber herkommen.« Entsetzt merkt Wilhelmine, dass sie jammert, sie hat nie gejammert, so tief ist sie nie gesunken. Bis jetzt nicht.

»Karin ist schon unterwegs, Tante Minchen. Nun beruhige dich mal.«

Wilhelmine nickt, lässt das Telefon in ihren Schoß sinken. Noch eine Weile hört sie ein leises Tuten, schließlich drückt sie auf den roten Hörer. Dann ist es still.

Sie versucht, nicht zu denken. Doch die Gedanken stürzen auf sie ein, sie kann nicht schlucken, und Luft bekommt sie auch keine mehr. Irgendwann muss es ja mal zu Ende sein, und jetzt wäre vielleicht der beste Moment.

Davon stirbt man nicht.

O doch, davon stirbt man.

Sie reißt mit den Daumen am kunstledernen Bezug der Armlehnen, schickt den Blick verbissen im Raum umher, doch unvermittelt und ohne Gnade steigen die Bilder auf, allesamt Schwarzweiß. Kein Grün mehr unten und kein Blau mehr oben, Grauen kommt von Grau.

Sie steigt über Betonbrocken, aus denen Backsteine ragen, die scharfen Kanten geborstener Metallrohre schneiden in ihre Wade. Sie bahnt sich keinen Weg, sondern geht schnurgeradeaus, immer weiter, klettert blind über riesige, schräg liegende Mauerstücke, die unter ihr nachgeben, und bricht in die Trümmer ein, reißt sich die Hände an Glasscherben blutig und spürt doch nichts.

Und still ist es, ganz furchtbar still; kein Vogel, kein Geräusch, nichts, für eine winzige Ewigkeit nicht einmal Geschützlärm, als sei sie die Letzte, die übrig ist in einer gottverlassenen Welt. Genauso fühlt sie sich, unecht, wie im Traum. Sie läuft weiter und ruft nach ihr, immerzu, aber natürlich kommt keine Antwort, es ist ja niemand mehr da. Nur der Geruch erinnert an etwas, dieser staubige Brandgeruch, als hätte man die ganze Stadt geräuchert, Menschen, Puppenwagen, Kinosessel.

So steht sie dort, zwischen Bergen aus Schutt, bis das erlösende Dröhnen von Tieffliegern in der Ferne zu hören ist. Ohne zu zögern, läuft sie ihnen entgegen, hinein in das anschwellende Geheul, bleibt schließlich stehen, schließt die Augen und schwenkt die Arme wie Flaggenstangen, doch niemand nimmt Notiz von ihr. Erst ein paar Straßen weiter kommt die ganze Ladung herunter und bringt für einen starren Moment den Boden zum Zittern. Hilflos lässt Wilhelmine die Arme sinken und marschiert weiter, immer weiter, dorthin, wo es nun wieder ballert und kracht. Mitten hinein wird sie laufen, irgendeinem verdammten Drecksrussen vor den Schoß und vor den Lauf.

Eine Handvoll Soldaten kommt aus einer Straße gerannt, sie könnte nicht sagen, welche Straße es ist oder welche Uniform sie tragen, es sieht alles gleich aus, überall nur die verkohlten Gerippe der Häuser, Trümmerberge, nichts als Schutt. Noch einmal hebt sie die Hände und winkt. »Schießt mich tot, ihr Drecksrussen, schießt mich endlich tot!« Sie brüllt, als könne sie ihnen befehlen, doch sie sehen nicht einmal zu ihr herüber, diesen Gefallen wollen sie ihr nicht tun.

Jemand packt sie an der Schulter.

»Aaah!« Wilhelmine schreckt jäh zusammen, reißt die Augen auf. Sie hat Karin nicht kommen hören.

»Um Himmels willen, was ist denn mit dir los?« Energisch legt Karin ihre warme Hand auf Wilhelmines Stirn, packt sie dann unter den Armen und führt den vergessenen Körper zum Bett zurück. Wilhelmine zittert, erst jetzt, da sie sich in die Kissen sinken lässt, spürt sie, wie sehr ihr Rücken schmerzt.

»Was soll das Theater, Tante Minchen, was hat das Mädel dir denn getan?«

»Das Russenweib soll fort, Karin, schaff sie mir aus dem Haus. Bitte, das musst du.«

»Warum denn das?«

»Das ist meine Sache.«

Karin stöhnt auf. »Tante Minchen, so geht das nicht. Wie stellst du dir das denn vor? Ich kann nicht noch mal wochenlang nach einer Pflegerin suchen, ich bin froh, dass wir endlich jemanden gefunden haben.«

»*Du* kannst doch ...«

»Ich? Ach, Minchen! Du weißt genau, dass wir Freitag wegfahren. Ein zweites Mal blase ich das nicht ab. Wir brauchen unseren Urlaub, Dieter und ich. Du wirst schon klarkommen mit dem Mädchen.«

Nein. Wilhelmine schüttelt energisch den Kopf. Presst die Lippen aufeinander. Sieht Karin an. Zieht entschlossen das letzte Register. »Die nimmt mir doch meinen Schmuck weg. Alles. Wenn keiner aufpasst, was die hier treibt!«

Karin atmet demonstrativ ein und wieder aus. »Herrgott, Tante Minchen, jetzt hör doch …«

»Und die kriegt auch keinen Pfennig mehr von mir! Für so eine geb ich doch nicht mein ganzes Geld her, die ganze schöne Rente.«

»Also gut, wie du möchtest.« Karins Lippen werden schmal. »Dann müssen wir sehen, dass wir diese Woche noch einen Platz im Bonifatiushaus für dich kriegen. Da wo die Frau Schmidt ist, die kennst du ja.«

Wilhelmine hebt den Kopf, diesmal nickt sie nicht. Etwas Kaltes wandert durch ihre Arme und Beine. Fritzi Schmidt. Die liegt schon seit letztem Frühjahr dort. In einem Zimmer mit einer anderen Frau, die den ganzen Tag stöhnt und nachts so laut schnarcht, dass selbst eine Halbtaube wie Frau Schmidt um den Schlaf gebracht wird. Sie liegen in ihren Betten wie die Hennen im Käfig, denkt Wilhelmine, und warten darauf, dass sie abberufen werden. Bis dahin kommt allmorgendlich ein junger Mann zum Waschen. Wilhelmine erinnert noch gut den Blick von Fritzi Schmidt, als sie flüsternd davon erzählte. »Überall waschen die mich, Frau Hennemann, ich sag es Ihnen. Ü-ber-all.«

»Ich bleibe hier.« Hat sie denn eine Wahl? Sie beginnt zu ahnen, dass dieses Mädchen die letzte, unausweichliche Strafe ist, und fragt sich, banger denn je, wann es endlich genug sein wird.

*

Als Frau Hübners energische Schritte die Treppe herabhallen, steigt Beklemmung in Jelisaweta auf, ein sinnloses

Schuldbewusstsein. Sie greift das letzte Männerhemd aus dem Wäschekorb und strafft den Rücken.

Was machst du dir Gedanken, schilt sie sich, das ist doch nicht die erste Alte, die schlagartig zur Furie wird, ohne dass ein Mensch verstünde, warum. Das hat nichts, absolut nichts mit dir zu tun. Aber dieses dumpfe, nicht greifbare Gefühl straft sie Lügen. Seit einer Stunde sträubt sie sich gegen jeden Gedanken an die keifende Alte, und trotzdem will ihr die Frage nach dem Warum nicht aus dem Kopf. Dabei sind fliegende Wassergläser vergleichsweise harmlos, im Krankenhaus daheim hat eine über Achtzigjährige vollkommen grundlos versucht, sie mit dem Besteckmesser zu attackieren, als Jelisaweta ihr den Rücken zuwandte.

So gesehen ist es mit der Alten dort oben erträglich. Mit dem Unterschied, dass es aus diesem Haus kein Entkommen gibt, niemanden, der sie ablöst, keine nächste Schicht, der man die alte Frau überlassen könnte, um nach Hause zu gehen.

Frau Hübner tritt ins Wohnzimmer und stemmt die Hände in die Seiten. »Was ist los, Lisa, was haben Sie mit dem Tantchen gemacht?«

»Ich? Was ich gemacht habe?« Jelisaweta spürt, dass zu viel Energie in ihrer Stimme liegt. Warum lässt sie sich von diesem Vorfall so verunsichern? Am liebsten würde sie mit dem Fuß aufstampfen vor Wut über sich selbst. Stattdessen verengen sich nur ihre Augen. »Ich habe zum Essen gekocht, sie schlafen lassen, in Toilette machen lassen und ihr Bett geluftet. Dann hat sie mich angeschrien.«

»Angeschrien? So ein Blödsinn, unser Minchen hat noch nie jemanden angeschrien. Dazu ist sie überhaupt nicht imstande.« Frau Hübner verharrt einen Moment, ihr Gesicht wird seltsam steif. »Sie sagt, Sie hätten ihren Schmuck gestohlen.«

Jelisaweta erstarrt. Wie ein Fußtritt treffen sie die Worte. »Was bitte?« Mehr kann sie nicht sagen, es ist, als fehle ihr mit einem Mal die Sprache. Nur ein leichtes Kopfschütteln bringt sie zustande, und dann wird ihr plötzlich heiß. Wie soll sie diesen Vorwurf von sich weisen? »Habe ich niemals gestohlen im Leben. Können Sie in meine ganze Sachen suchen, bitteschön.«

»Das habe ich ja auch gar nicht behauptet, Lisa.« Frau Hübners Blick wird fahrig. »Sie sind nicht die Erste, der sie so etwas unterstellt. Ich weiß auch nicht ... Aber irgendetwas muss doch passiert sein, dass sie auf einmal so ein Theater macht.«

Jelisaweta zögert, das Telefonat zu erwähnen, selbst wenn das Gespräch auf Maschas Rechnung gegangen ist. Sie hebt die Schultern und wendet sich dem Hemdkragen zu.

»Haben Sie Minchen erzählt, dass Sie aus Russland kommen?«

Prompt fährt Jelisaweta herum. »Ich habe Russisch gesprochen, am Telefon«, gibt sie patzig zurück. »Ist das verboten?«

»Nein, natürlich nicht.« Frau Hübner wird leiser. »Aber das scheint sie zu irritieren. Vermutlich bringt sie etwas durcheinander, das kommt schon mal vor in dem Alter.«

Jelisaweta knöpft das Hemd auf einen Bügel und zieht den Stecker des Bügeleisens aus der Dose. »Sie hat mich geschlagen und mit Glas nach mir geworfen. Und jetzt sagt sie, dass ich diebe? Das macht sie, weil ich russisch bin?« Jelisaweta mustert Frau Hübner aus schmalen Augen. »Habe ich nicht nötig. Ich kann schon zurück nach Russland fahren …«

Frau Hübners Lider zucken, eine ganze Weile ist nur ihr Atem zu hören. Dann, als habe sie den Sender gewechselt, wird ihre Stimme zutraulich: »Ich verstehe Sie ja, Lisa, das ist bestimmt nicht angenehm für Sie. Aber Sie werden schon mit ihr zurechtkommen, die nächsten Tage.«

Jelisaweta hebt die Schultern. Bei dem Gedanken, über eine Woche mit der Alten auf sich allein gestellt zu sein, wird ihr unbehaglich, aber das wird sie sich auf keinen Fall anmerken lassen. Sie sieht Frau Hübner fest an. »Wenn ich vorher gewusst hätte, wo ich falle, hätte ich Stroh gestreut.«

»Wie bitte?« Es dauert eine Weile, bis Frau Hübner antwortet. »Ich konnte ja nicht ahnen, dass sie so reagiert. Das hat sie noch nie gemacht.«

»Ich bin Russin, aber ich bin genauso Mensch.«

Karin Hübner bewegt den Mund, als kaue sie auf einem Satz herum. »Hören Sie, ich gebe Ihnen ein bisschen was extra pro Monat, einverstanden?«

»Gut.« Jelisaweta nickt knapp. »Hundert Euro sofort. Und Geld für Handykarte, fünfzig Euro.« Das bist du mir schuldig.

Frau Hübners Brust hebt und senkt sich, scheinbar endlos lange. Dann holt sie ihre Handtasche, klappt den Verschluss nach oben. »Also gut, von mir aus. Aber sehen Sie zu, dass Sie mit ihr zurechtkommen. Und reden Sie um Himmels willen kein Russisch mehr.«

»Jawoll, Herr General«, bringt Jelisaweta hervor, schiebt die Geldscheine in ihre Jeans und drückt Frau Hübner den Wäschekorb in die Hände. Sie sucht in den Zügen der anderen zu erkennen, ob sie zu weit gegangen ist, bereit, noch einmal aufzubegehren. Doch Frau Hübners erstarrter Blick gleitet an ihr ab, betrachtet beharrlich die Wäschestücke im Korb.

»Alles fertig? Gut, dann brauche ich ja vor unserer Abreise nicht mehr zu kommen. Auf Wiedersehen.« Frau Hübner müht sich vergeblich, den Korb unter einen Arm zu klemmen und die Hemdenbügel mit der gleichen Hand zu fassen, hakt die Bügel schließlich in ein Loch des Wäschekorbs. Jelisaweta schiebt die Hände in die Jeanstaschen.

»Brauche ich Geld zum Essen.«

»Ich habe Ihnen doch gerade hundertfünfzig gegeben.«

»Das ist mein Geld, ich habe Kost frei, muss man essen jeden Tag.«

Stöhnend stellt Frau Hübner den Korb wieder ab und öffnet nochmals Ihre Geldtasche. »Mehr habe ich aber jetzt wirklich nicht.« Sie streckt Jelisaweta drei Zwanziger entgegen.

Jelisaweta hebt die Brauen. »Wünsche schöner Urlaub.« Sie hört noch, wie sich die Haustür öffnet und ein Kleiderbügel auf dem Parkettboden aufschlägt, kurz darauf fällt die Haustür ins Schloss.

*

Es dämmert. Von unten dringen Fernsehgeräusche durch die Schächte der Luftheizung, dröhnen dumpf in einem nervenzerrenden Rhythmus. Was erdreistet sich diese Person, den Apparat einzuschalten? Wilhelmines Apparat, der längst bei ihr im Schlafzimmer stehen sollte. Sie überlegt, Dieter noch einmal deswegen anzurufen; wenn er erst verreist ist, wird es wieder nicht erledigt. Erregt suchen ihre Hände nach dem Telefon, doch es ist verschwunden, hat Karin es denn mitgenommen, als sie gegangen ist?

Unten klappt die Toilettentür, wird der Wasserkessel auf der Herdplatte abgesetzt. Etwas fällt klirrend zu Boden. Die Zuckerdose? Herrgott, die ist aus Silber! Das ist mein Haus, schreit es in Wilhelmine, das sind meine Sachen. Lieber will sie verhungern, als dieses Mädchen länger hier zu dulden. Wenn sie Karin nur klarmachen könnte, was das für eine ist, ein Teufel im Schafspelz, zu allem fähig, aber Karin hat ja keine Ahnung. Es drängt Wilhelmine, aufzustehen und das Weibsstück zu verjagen, das ist doch undenkbar, so eine in ihrem Haus! Doch sie liegt und schweigt, in stummer Wut ertragend, dass die andere sich breitmacht; lauernd auf jedes Geräusch, das ihr verrät, was dort unten vor sich geht, was die andere im Schilde führt.

Das hat sie damals auch getan, durch das Loch in der Wand war ihr nichts verborgen geblieben, der Teppich hat die Geräusche kaum dämpfen können, schon gar nicht für Wilhelmines Ohren.

Und plötzlich ist die Erinnerung an jene Melodie wieder da, ein lästiger Ohrwurm, als sei es gestern gewesen.

Ungezählte Male ist der Schlager damals zu ihr gedrungen, ersetzte allabendlich die Nachtigall, die längst verstummt war. Wilhelmine hat den Spuk kaum noch registriert, nur manchmal, wenn er unvermittelt abriss, weil jemand im Überschwang gegen das Grammophon gestoßen war. Dazwischen immer wieder Lachen, das wie Ohrfeigen zu ihr klang, Lachen, wild und toll. Getanzt haben sie, diese Barbaren, lautstark und trunken. Herrgott, nein, sie will nicht daran denken müssen, nichts und niemand soll sie daran erinnern. Energisch zieht sie an der Kordel der Leselampe, damit das Licht die Geistergedanken bannt. Die kleine Perle daran pendelt in einer elliptischen Bahn hin und her, klickert hohl gegen das Kopfteil des Bettes, drei, vier Mal, ehe ihre Bewegung zu kurz wird, um das Holz zu berühren, und nur das Gewummer des Fernsehers bleibt. Der Fernseher, der sie vor derlei Erinnerungen hätte retten sollen. Kehrt sich denn alles gegen sie?

Bald darauf öffnet sich die Tür, und das Mädchen kommt herein. Wilhelmine presst die Zähne aufeinander und wendet brüsk den Kopf zur Wand. Sie wird sie nicht ansehen, nein, das kann sie nicht. So bleibt sie steif sitzen, spürt, dass das Tablett über ihrem Schoß abgestellt wird, und vernimmt ein nachdrückliches »Guten Appetit«.

»Das ist mein Fernseher!«, entgegnet sie barsch, doch die andere schlägt schon ihre Schritte in die Treppe.

Wilhelmine wirft einen Blick auf das Abendessen. Sie hat ihr Käsebrote gebracht, hat die Brotrinde weggeschnitten, als könne Wilhelmine nicht mehr kauen. Und harte Eier hat sie daraufgelegt. Wilhelmine hasst harte

Eier, schon der faulgasige Geruch schnürt ihr den Magen zu. Angeekelt schüttelt sie die wabbeligen Scheiben von den Broten auf den Bettvorleger und fängt mit spitzen Fingern zu essen an.

*

»Bring Wasser, ich muss mich waschen, der Doktor kommt gleich. Und frische Wäsche. Rasch, rasch!«

Es ist schon nach neun, Dr. Lobe kommt immer zeitig. Wilhelmine wartet ungeduldig, bis Lisa die gelbe Plastikschüssel mit Waschwasser auf den Nachttisch gestellt hat, lässt sich Handtücher unterlegen und den feuchten Waschlappen reichen. Wie üblich wäscht sie sich Gesicht und Hals, fährt sich dann unter die Arme und zwischen die Beine, es geht nicht mehr so gut, vor allem hinten, da reicht sie kaum hin.

»Geben Sie mir, ich mache das ...« Die Russin will nach dem Lappen greifen, doch Wilhelmine reißt ihn an sich.

»Hände weg, ich kann das allein.« Von dieser Person lässt sie sich nicht anfassen. »Drecksrussin«, setzt sie, kaum hörbar, hinzu.

Für einen Moment steht das Mädchen still, dann nimmt sie Wilhelmine den Lappen weg und beginnt, ihr die Oberschenkel zu schrubben. »*Ich* rieche nicht nach Pipi!«

Wilhelmine schnappt nach Luft, boxt nach der unverschämten Person, doch die packt Wilhelmines Handgelenk und zwingt es in ihren Griff. Wilhelmine jault auf. Was untersteht sich dieses Weib, so mit ihr umzugehen?

Mit aller Kraft presst Wilhelmine die Knie gegeneinander, bis die Russin schließlich aufgibt, ihr das frische Nachthemd überzieht und mit der Schüssel im Bad verschwindet.

Wilhelmine hört, wie sie das Wasser ausgießt und den Spiegelschrank öffnet. Was, in drei Teufels Namen, hat sie dort zu suchen? Wilhelmine überschlägt den Inhalt des Schränkchens, ohne sich jedoch erinnern zu können, was dort außer Haarspray noch alles stehen mag. Der Schrank klappt zu, und Lisa kommt ins Zimmer zurück. Wilhelmine vernimmt ein leises Zischen, noch einmal, dann riecht sie Parfüm. Aus den Augenwinkeln sieht sie, dass Lisa durch den Raum wandert und die Luft mit Kölnischwasser vernebelt. Tosca. Das hat ihr Karin zu Weihnachten geschenkt. Und zum Geburtstag. Jedes Jahr bekommt sie zwei neue Flaschen, obwohl sie gar nicht so viel braucht. Wann benutzt sie schon Parfüm? Lisa kommt näher, drückt wieder auf die Flasche. »So, jetzt riecht das besser!«

Wilhelmine muss niesen, liegt auf ihrem Kissen und starrt stoisch gegen die Wand, bis das Mädchen wieder nach unten geht. Wie kann die es wagen, ihr Parfüm anzurühren? Aber so sind sie, da hat sich nichts geändert. Die haben doch nie gefragt, sondern einfach genommen, was ihnen wertvoll erschien, ganz gleich, ob sie etwas damit anzufangen wussten oder nicht. Nur von den Pelzen haben sie die Finger gelassen, davon hatten sie selbst genug. Nach und nach ist verschwunden, was nicht rechtzeitig unter der Matratze versteckt worden ist. Wilhelmines Matratze, der sicherste Ort der Welt, und dass das so sein würde, hätte sie sich seinerzeit nicht träumen lassen.

Der Wagen des Doktors reißt sie aus ihren Gedanken. Sie kann ihn am Klang von anderen unterscheiden, es hört sich an, als schüttele man etwas Großes in einer Blechdose hin und her. Sie hört den Doktor klingeln und mit der Russin reden, bevor er zu ihr nach oben kommt.

»Guten Morgen, Frau Hennemann. Hui, das duftet ja schon richtig nach Frühling hier.«

Wilhelmine knurrt unwillkürlich, sieht dennoch erleichtert dem Arzt entgegen und lässt geduldig die Untersuchung über sich ergehen.

»Sonst alles gut, Frau Hennemann?«

»Ach, Herr Doktor, hören Sie, das Mädchen …« Sie macht eine Kopfbewegung zur Tür.

»Jaja, ich weiß.« Dr. Lobe lächelt verschwörerisch und räumt sein Stethoskop in die Tasche zurück. »Nettes Mädchen. Eine Russin, oder? Von mir erfährt keiner was, Frau Hennemann, versprochen. Das machen heute alle so, glauben Sie mir, auf legalem Weg lässt sich das doch gar nicht mehr bezahlen. Machen Sie sich nicht so viele Sorgen.« Er räuspert sich, wird ernster, legt seine Hand auf ihre Fessel. »Sie sollten sich lieber über Ihre Muskulatur Sorgen machen. Drücken Sie bitte mal mit dem Bein gegen meine Hand.«

Wilhelmine versucht, den Fuß anzuheben, doch sie liegt da wie eine Marionette, der man den Faden abgeschnitten hat. Erst als der Doktor ihr Knie beugt und das Bein anstellt, bekommt sie es nach oben, einen Moment nur, dann beginnt es zu zittern. Wilhelmine presst die Lippen aufeinander, die Anstrengung überwältigt sie wie ein Schmerz. Aufatmend lässt sie das Bein sinken.

Dr. Lobe schüttelt den Kopf. »Sie müssen Ihre Übungen machen, Frau Hennemann, wenn Sie wieder auf die Füße kommen wollen. Kommt die Krankengymnastin nicht mehr zu Ihnen?«

»Doch, doch.« Wilhelmine nickt zaghaft, muss an den Sturz aus dem Bett denken. »Bitte, Herr Doktor, wissen Sie denn niemand anderen für mich?«

»Aber die Frau Weichbrodt ist doch tüchtig, die macht das ganz prima ...«

»Ich meine das Mädchen, Herr Doktor, da unten die.«

»Aber Frau Hennemann, das kriegt keiner mit.« Doktor Lobe reicht Wilhelmine die Hand und greift nach seiner Tasche. »Sie wissen doch, wo kein Kläger ist, da ist auch kein Richter.«

Wilhelmine starrt ihm nach, erwidert stumm seinen Gruß, sinkt ins Kissen zurück. Schuld wartet nicht auf Kläger, und Sühne braucht keinen Richter, denkt sie, und was weißt denn du schon davon?

*

»Trinkt sie ausreichend? Ich habe den Eindruck, dass sie nicht genügend Flüssigkeit zu sich nimmt.« Der Arzt müht sich wie ein Kind, seinen Mantel zu schließen, die Knöpfe scheinen nicht durch die Knopflöcher zu passen. Lisa unterdrückt den Impuls, ihm zur Hand zu gehen, hebt die Schultern, kann den Blick nicht von den dicken schwarzen Knöpfen nehmen, vielleicht sind sie nachträglich angenäht worden.

»Muss ich noch fragen wegen Digitalis, lasse ich weg am Sonntag, o. k.?«

Doktor Lobe nickt. »Das können Sie machen, ja. Einmal die Woche. Ich glaube, bisher haben sie es auch immer am Sonntag gemacht.« Als er die Haustür öffnet, wehen ein paar welke Blätter in die Diele.

Jelisaweta wartet, bis er verschwunden ist, zieht Jacke und Stiefel an und greift nach dem Einkaufskorb. Den Weg zum Supermarkt dehnt sie aus, betrachtet die Schaufenster und stellt fest, dass es sogar ein Kino gibt in dem kleinen Frankfurter Vorort. Acht Euro aber ist eindeutig zu viel, trotz des zusätzlichen Scheins, den sie sich redlich verdient hat. Mama wartet auf Geld, und je eher Jelisaweta etwas schickt, desto besser. Obwohl – Mama ahnt nichts von dem Hunderter extra … Jelisaweta kommt sich vor wie ein Dieb, während sie, nur ein paar Schritte lang, daran denkt, wie es wäre, das ganze Geld, die ganzen siebenhundert im Monat, für sich zu behalten. Bei freier Unterkunft ließe sich damit durchaus etwas anfangen: ein paar schicke Klamotten und Schminke, Lippenstifte, für deren Farbe sie niemand zur Rechenschaft zöge, ins Kino, wann immer ihr danach wäre, in eine Diskothek. Und irgendwann vielleicht ein eigenes Zimmer oder gar eine kleine Wohnung … nur für sie allein, mit einem Schlüssel zum Absperren; ein eigenes Leben; neu wie frisch gefallener Schnee. Jelisaweta schiebt sich eine Haarsträhne unter die Wollmütze und seufzt eine Dampfwolke in die Winterkälte.

Arbeit gibt es hier genug, dieses ganze verdammte Land ist voll von alten Weibern, um die sich keiner kümmern will. Sie spürt, wie der Gedanke sie einnimmt, ihr für eine Weile das Gefühl unerhörter Leichtigkeit gibt. Sie spinnt ihn fort. Ein Studentenvisum. Germanistik, den

Schein von der Darmstädter Sprachschule hat sie ja schon in der Tasche. Was, wenn sie es einfach täte? Eine Wand zöge zwischen sich und dem Leben daheim? Das Bild einer sich schließenden Schleuse drängt sich ihr auf, sie kann die unbeherrschbare Wucht des gebremsten Wassers spüren, ahnt, dass es sie umzuwerfen suchte, und wickelt das Wolltuch enger um ihren Hals. Sie sieht Mama vor sich, Mama, wie sie in der Küche steht und raucht …

»Sechshundert Euro?« Mama sagt lange nichts. Sie hält die Hand vor den Mund, nur ihre Augen sind groß geworden und glänzen. »Das sind zwanzigtausend Rubel!« Nach einer Weile lässt sie die Hand sinken, ihr ganzer Körper scheint in sich zusammenzufallen. »Das kannst du nicht machen, Lisotschka.«

»Wieso denn nicht, das ist doch leicht verdientes Geld?« Jelisaweta klatscht einen Löffel voll Füllung auf den Teig und drückt ihn zusammen.

»Jelisaweta! Ich kann mir wohl denken, was für eine Arbeit das ist …«

»Mama, hör auf! Ich mache dort nichts anderes als hier. Bloß, dass es nur eine einzige alte Frau ist statt einer ganzen Station voller Weiber.«

»Warum sollten sie dir dafür so viel Geld bezahlen?«

»Meine Güte, Mama, wo lebst du eigentlich? Das ist nicht viel in Deutschland, begreif das endlich. Eine Krankenschwester dort kriegt das Dreifache.« Jelisaweta stäubt ein wenig Mehl über die fertigen Pelmeni, damit sie beim Einfrieren nicht aneinanderkleben, und schichtet sie in die Gefrierdose. Sie bezweifelt, dass Mama sie überhaupt anrühren wird. Wahrscheinlich wird sie geschnittenes Brot und Wurst aus der Dose essen, jeden Tag, immer wieder, und die halbleeren Dosen auf dem Tisch stehenlassen, eine neben der anderen, bis der Schimmel herauswächst.

»Aber trotzdem! Muss es denn unbedingt Deutschland sein? Du weißt genau, dass Babka das nicht erlauben …«

»Mama! Babka ist seit acht Jahren tot! Es ist mir egal, was sie erlaubt hätte.«

»Hör auf, so zu reden, Jelisaweta.« Mama greift nach dem braunkarierten Küchenhandtuch, schnäuzt sich hinein.

»Bah, das ist widerlich, nimm dir gefälligst ein Taschentuch!«

Ohne darauf einzugehen, knäult Mama das Tuch zusammen und wischt sich die Nase ab. »Aber du kannst nicht so lange von der Arbeit fortbleiben. Niemand wirft seine Stelle so einfach weg.«

Ich werfe nichts weg, denkt Jelisaweta, denkt an Sergej, sucht nach Wehmut, aber die fühlt sich an, als hätte sie jemand in eine Klarsichttüte gepackt. »Der Stationsarzt genehmigt mir unbezahlten Urlaub. So einfach.«

»Aber …«

Jelisaweta sieht die Qual, mit der Mama um Argumente ringt, diese Frau mit der seltsam ledrigen Haut, den mausgrauen Stoppelhaaren, diesem Gesicht, nicht Mann und nicht Frau. Für einen Moment ist sie versucht, ihren Arm auszustrecken, der Mutter die Handfläche an die Wange zu legen, aber die Hand lässt sich nicht in deren Richtung bewegen. »Hör auf, mir immer alles schwerzumachen, Mama. Was willst du eigentlich von mir?«

Dass du hierbleibst, sagt Mamas Blick, dieser versunkene Hundeblick mit den Hautlappen, die unter den Lidern hängen wie die Lefzen einer Deutschen Dogge. Doch Mama weiß wohl, dass es undenkbar ist, etwas Derartiges auszusprechen. So undenkbar wie nutzlos. »Geh, von mir aus, auch wenn ich nicht verstehe, was du immer bei diesen Scheißdeutschen willst. Aber bitte, wenn es unbedingt sein muss …« Sie knickt ihre Zigarettenleiche in den Ascher. »Dann hol dir dort aber gefälligst, was dir zusteht. Sie sind uns was schuldig, vergiss das nicht.«

*

Das Haus schweigt. Nicht einmal Tee hat sie ihr gebracht. Es muss längst Mittag sein, Wilhelmine weiß es nicht, der Wecker schaut wieder mit dem Gesicht zur Wand. Endlich hört sie die Haustüre, drückt sofort die Klingel, immer wieder, bis die Schritte auf der Treppe lauter werden.

»Soll ich etwa verhungern?«

»Choroscho, starucha.«

Wilhelmine schnaubt. Sie kann sich schon denken, was das heißt, auch wenn die Russin so unschuldig tut. »Putz mir die Brille und bring mir die Fernsehillustrierte, aber gleich.« Sie wird es ihr schon zeigen, dieser Person.

Die andere schaut sie durchdringend an, nimmt ihr dann die Brille ab, spuckt darauf, ohne den Blick von

Wilhelmine zu nehmen, und reibt mit einem Papiertuch über die Gläser. Kommentarlos lässt sie die Brille auf die Bettdecke fallen.

Etwas steigt in Wilhelmine auf, will heraus, sie sucht nach Schimpfworten, doch es fallen ihr keine ein, was nicht benutzt wird, rostet ein, und der Zorn bleibt kalt.

Das Mädchen bringt ihr einen Teller, graugelbe Klumpen in hartgekochten Eiweißhälften. »Was soll das sein?« Angeekelt verzieht Wilhelmine das Gesicht, presst sich die Hand vor die Nase.

»Russische Eier«, antwortet das Weib, grinst und ist schon wieder zur Türe hinaus.

»Bah!« Wilhelmine greift nach der Klingel, hält sie gedrückt, bis das Mädchen endlich zurückkommt. »Nimm das sofort weg, ich esse keine Eier. Mach mir ein Butterbrot. Und einen Apfel will ich dazu.« Ermattet sinkt Wilhelmine in die Kissen, erschöpfter als nach einem ganzen Tag im Garten. Der Geruch der Eier hängt im Raum und nimmt ihr die Luft.

»Lisa!«

Als niemand kommt, läutet sie wieder. Noch einmal, zweimal. Es dauert, bis das Mädchen erscheint, sie bringt Brot und einen halben Apfel. »Mach das Fenster auf, hier stinkt es nach deinem Fraß. Wo ist der Rest von meinem Apfel?«

»Ach, ist doch viel zu viel für Sie.« Lisa öffnet die Balkontür weit, es bläst eisig ins Zimmer hinein.

»Ich will aber meinen ganzen Apfel.«

»Erst mal das aufessen.« Der Gleichmut hat verräterischen Schwankungen in Lisas Stimme Platz gemacht.

»Nein, ich will ihn jetzt!«

»Staraja wedma!«

Triumphierend registriert Wilhelmine, wie das Mädchen an der Tür reißt, um sie ins Schloss zu knallen, doch die Tür schabt nur schwer über den Teppich, wie sie es immer tut, seit Wilhelmine die gelbe Auslegware über das Linoleum hat legen lassen.

Der Wind faucht in Böen, Wilhelmine hört die Tannen rauschen, schaut zum Fenster, durch das Schneeflocken ins Zimmer wehen. Wieder drückt sie die Klingel, dieses Mal in kurzen Intervallen, bis das Mädchen mit rotem Kopf erscheint und Wilhelmine eine Handvoll Apfelstücke auf den Teller wirft.

»Mach das Fenster zu, siehst du nicht, dass es hereinschneit?«

Das Fenster lässt sich knallen, Wilhelmine spürt, wie die Scheiben zittern, und schüttelt schnaubend den Kopf. Nein, kein Respekt vor dem Eigentum. Energisch beißt sie in ihr Butterbrot, dieses Mal ist die Rinde drangeblieben.

»Ich mache Mittagspause bis drei Uhr, kriegst du Windeln an und kannst du klingeln, wie du willst«, erklärt Lisa mit Nachdruck, öffnet die Tür des Kleiderschranks und wühlt in Wilhelmines Unterwäsche.

Nein, Wilhelmine wird ihr nicht verraten, wo Karin die Windeln hingepackt hat, da kann sie suchen, bis sie schwarz wird.

Lisa öffnet die nächste Tür und gräbt sich mit den Händen durch die Kleider und Kostüme, die auf Bügeln hängen, geht in die Knie, greift dorthin, wo Wilhelmine die Schuhkartons gestapelt hat. Dann taucht sie wieder auf. Wilhelmines Brust zieht sich zusammen, die Luft bleibt ihr weg: Wie eine Trophäe hält das Mädchen Wilhelmines Schmuckschatulle hoch, die kleine Truhe, die mit taubenblauem Samt bezogen ist. Wilhelmines Kopf fängt ein bisschen an zu nicken, wie zur Bestätigung, natürlich, das musste ja kommen, was ist von so einer anderes zu erwarten?

»Finger weg.« Wilhelmine knurrt wie ein Hund.

Doch die andere starrt sie mit wildem Blick an. »So. Kriegst du Grund zum Schimpfen!«

Nein, nicht!, will Wilhelmine sagen, aber die Stimme versagt. Schon klappt die Truhe auf, und das Mädchen sieht mit einem Blick hinein, als krabbelten Käfer über den blauen Samt, stochert mit starrem Zeigefinger darin herum. Schließlich zieht sie etwas heraus und hebt es triumphierend hoch, etwas Goldenes. Gott sei Dank. Wilhelmine kneift die Lider zusammen: die alte Uhr mit der kaputten Schließe. Unendlich langsam, beinahe obszön, lässt die Russin sie in ihrer Hosentasche verschwinden. Wilhelmine atmet auf. Natürlich, eine Armbanduhr, das hätte sie sich denken können.

Sie hatten doch irgendwann alle Uhren, manche sogar drei oder vier an einem Arm. Die mussten eine Art zusätzlichen Dienstgrad darstellen, mit dessen Hilfe auch die letzten Versager, die sonst ohne Trophäe heimgezogen wären, ein Quäntchen Ehre einzuheimsen suchten. »Uri, Uri«, haben sie Wilhelmine angeschrien und als Erstes Josefs gute Festa gefunden, sie lag mit seinen Papieren und den Manschettenknöpfen in der kleinen Schublade der Kredenz, in der, die immer klemmte, also haben sie kurzerhand mit dem Messer nachgeholfen. Die Kredenz hatte ihr Josef bald nach der Hochzeit anfertigen lassen, aus dunkler Eiche, ganz gerade und modern.

Unter anderen Umständen wären Wilhelmine sicher die Tränen gekommen, aber an Weinen war längst nicht mehr zu denken, das war auch gestorben, für alle Zeit, wie sie damals schon ahnte.

Freudestrahlend hat einer die Uhr herausgenommen und sie seinem Kameraden gezeigt. Dann haben sie sich über die Manschettenknöpfe gebeugt, sie von allen Seiten betrachtet und diskutiert. Haben schließlich die Schultern gehoben und alles in ihre Jackentaschen gleiten lassen. Perlen vor die Säue, hat Wilhelmine gedacht und sie in Gedanken angespuckt.

Es waren nicht die letzten, unzählige Male ist Wilhelmine auf Knien zur Kredenz gekrochen und hat wieder eingeräumt, was sie herausgerissen haben, bis sie irgendwann keine Kraft mehr fand und einfach alles liegenließ. Selbst der kleine Wecker war fort. »Ich hab keine Zeit mehr«, hat sie zu Elsemarie gesagt und wäre froh gewesen, wenn es tatsächlich so gewesen wäre.

Wilhelmine greift nach der Butterstulle, beißt kräftig hinein, dann schiebt sie das Betttischchen auf Alberts Seite hinüber und rutscht tiefer unter die Decke. Sie spürt ihren Körper, schwer und kraftvoll fühlt er sich heute an. Jung beinahe. Das Weib wird keine Freude haben an der Uhr, das Löten der Schließe lohne nicht, hat der Uhrmacher gesagt, das Gliederband sei schließlich auch nicht mehr das beste. Aber vermutlich hat die Russin es gar nicht auf die Uhr abgesehen, vielleicht sind sie heute nur noch hinter dem Gold her, so wie sie es befingert hat. Angewidert verzieht Wilhelmine das Gesicht. Es sind Barbaren, nach wie vor, und sie sind an allem schuld. Ja. Natürlich sind sie das! Wenn doch nur der Fernseher da wäre, in Wilhelmines Alter ist es zu anstrengend, so viel nachzudenken. Sie muss nach dem Fernseher fragen, unbedingt. Was haben sie eigentlich früher ohne Fernseher gemacht? Ach, früher, im Meer. Damals, die Mutter. Gestrickt hat sie, unermüdlich, Jacken und Mützen und Pulswärmer, immer wieder Pulswärmer. In Blassrosa, damit man sie unter den Kleiderärmeln nicht sah, und dabei hat sie Gedichte vorgetragen, ja, jetzt fällt es Wilhelmine ein, wie ein Automat hat die Mutter Vers um Vers hergesagt, man musste ihr nur ein Stichwort geben. Das Abendlied. *Gott, lass uns dein Heil schauen. Auf nichts Vergängliches trauen, nicht Eitelkeit uns freun! Lass uns einfältig werden und vor dir hier auf Erden wie Kinder fromm und fröhlich sein.*

Und Schillers »Glocke«, so oft hat sie ganze Strophen daraus gesprochen, dass Wilhelmine sie in der Schule ohne weiteres wiederholen konnte. Den »Erlkönig«, natürlich, aber den hat Wilhelmine noch nie gemocht.

Und Geschichten hat sie erzählt, die Mutter. Fromme Geschichten von der heiligen Veronika und dem heiligen Christophorus, doch die hat Wilhelmine vergessen. Sie ist seit Josefs Tod nicht mehr in die Kirche gegangen. Außer zu Taufen und Weihnachten, der Familie wegen, aber das zählt nicht, das waren keine Kirchgänge, das waren Amtshandlungen.

Ach ja, die Mutter. Mit dem Messer hat sie ein Kreuz auf jeden Laib Brot gezeichnet, bevor sie ihn angeschnitten hat. Wilhelmine atmet tief ein, schließt die Augen, schwebt weiter durch dunkle Meerestiefen. So lange ist das jetzt her.

*

Am Donnerstagabend ruft Frau Hübner an. Sicherlich gebe es nichts Besonderes. Es klingt wie ein Befehl. Erst auf Jelisawetas Insistieren hinterlässt sie Anschrift und Telefonnummer des spanischen Hotels, in dem sie und ihr Mann sich aufhalten werden. »Aber nur im Notfall, Lisa, verstanden? Wenn etwas sein sollte, rufen Sie einfach Doktor Lobe an, der kommt sowieso einmal in der Woche.«

Jelisaweta gibt dem Couchtisch einen Tritt. Sie weiß nicht, auf wen sie mehr Wut hat: auf Frau Hübner, die, ohne ein Wort über den Wochenenddienst zu verlieren, davon ausgeht, dass Jelisaweta die Tante auch am Sonntag versorgen wird, oder auf die Alte mit ihrem absurden Russenhass. Jelisaweta beißt kleine Fetzchen von ihrer Unterlippe ab und tritt an das große Fenster, das Frau Hennemann Blumenfenster nennt. Verwaiste Übertöpfe aus Messing und bemalter Keramik stehen auf der überbreiten Marmorbank, in einem steckt etwas Vertrocknetes, das möglicherweise einmal weiße Blüten gehabt hat. Die welken Reste knistern in ihren Fingern, so wie damals, zu Hause, in Mamas Fingern …

Jelisaweta blickt durch die Glasschiebetür hinaus. Sie lässt sich nur ein Stück weit öffnen, man kann nicht einmal einen Stuhl hinausstellen. Das Ding klemmt, seit Jelisaweta denken kann, ein Dicker hätte die Wohnung nicht beziehen dürfen, er hätte sich schlicht nicht auf den Balkon quetschen können.

Mama steht draußen und raucht eine Zigarette nach der anderen, die graue Anzugjacke schlackert um ihren knochigen Körper. Von innen sieht es aus, als sei der ganze Balkon vollgequalmt, in Wirklichkeit ist bloß die Schiebetür blind. Einer von Mamas Typen hat irgendwann einmal erklärt, dass Luft zwischen die beiden Scheiben gekommen sei und dass es sinnlos wäre, die Schlieren wegputzen zu wollen, Jelisaweta solle endlich damit aufhören.

Mama kann stundenlang so dastehen und rauchen, dabei mit der freien Hand in den Geranien herumzupfen.

Jelisaweta klopft mit dem Knöchel gegen die Scheibe, bis Mama sich mit fragendem Blick umdreht. Jelisaweta zeigt auf die Blumen. »Hör auf, Mama, du ruinierst sie komplett.«

»Das Verwelkte muss ab«, antwortet Mama und hat sich schon wieder abgewandt.

»Aber nicht die frischen Blüten, die sind alle noch gut.« Jelisaweta drückt sich durch den Spalt ins Freie, schiebt Mamas Hand beiseite und zeigt auf die weißen Punkte, die wie Konfetti auf dem Betonboden kleben. »Warum hast du so ein Theater gemacht, um weiße zu kriegen, wenn du sie bloß ausreißen willst?«

Aber Mama antwortet nicht, sie bläst ihren Rauch zu einem unsichtbaren Ort irgendwo in der Ferne und wedelt mit der Hand in Lisas Richtung, als gäbe es eine Fliege zu verscheuchen. Schon am Abend werden nur noch kahle Stängel übrig sein.

Die Tannen rings um das Haus sind so hoch und dicht, dass Jelisaweta kaum bis zur Straße schauen kann. Weil auf den Nachbargrundstücken nur niedrige Sträucher und ein paar kleine Bäume wachsen, wirkt das Haus von weitem wie ein einsamer, hoher Grasbüschel, ein Fleckchen wilde Wiese, das man beim Rasenmähen übersehen hat. Sie ist die letzte Alte in dieser Straße, denkt Jelisaweta. Wenn sie weg ist, wird Karin Hübner alle Bäume fällen und das ganze Gestrüpp ausreißen lassen. Karin Hübner. Wie viel wird sie im Nachhinein für die beiden verpatzten Sonntage springen lassen?

Fluchend trägt Jelisaweta die tote Pflanze zur Küche und wirft sie in den Mülleimer.

*

»Bah!« Angewidert schiebt Wilhelmine den Teller von sich. »Was soll das sein?«

»Kascha. Russische Spezialität.«

»Nimm den Dreck wieder mit.«

»Ach, hör auf ...« Die Stimme der Russin klingt matt.

»Russendreck!« Wilhelmine klopft den zähen Brei energisch mit der Unterseite des Löffels flach. So etwas hat sie schlimmstenfalls in den Hungerwintern gegessen.

Wilhelmine spürt Lisas Blick, mit müden Augen sieht das Mädchen sie an. »Essen. Sonst kriegst du Pichelsteiner Topf.«

Diese Frechheiten muss sie sich nicht bieten lassen. »Ich werde mich beschweren.« Wilhelmines Hände tasten auf der Bettdecke herum. »Ich will mein Telefon!«

Die Russin zieht die Stirn kraus. »Wohin willst du denn rufen? Deine Karin liegt am Strand und bescheint sich. Ess lieber Kascha.« Dann verharrt ihr Blick einen Augenblick auf Wilhelmine, als überlege sie. »Schmeckt schön russisch!«

»Sofort bringst du mir mein Telefon!«

»Ach, mach mir Frieden mit diese Geschrei. Wie weiß ich, wo dein Telefon ist?« Als wäre nichts geschehen, zieht Lisa seelenruhig die Vorhänge zur Seite, öffnet die Balkontür weit und tritt mit erhobenem Kopf in die Kälte hinaus.

»Mach zu, Russin, es ist eiskalt.«

Lisa kommt wieder ins Zimmer. »Hier stinkt es.«

»Mach gefälligst zu, ich erfriere. Und bring mir etwas anderes zu essen. Solchen Russendreck will ich nicht.« Wilhelmine gibt dem Betttablett einen wütenden Stoß. Es kippt, der Teller rutscht über die Bettdecke und landet mit einem dumpfen Schlag auf dem Boden. Schadenfroh beugt sich Wilhelmine zur Seite, presst dann aber die Lippen zusammen. Die breiige Masse tropft von der Bettkante direkt auf den Teppich. Warum liegt kein Handtuch vor dem Bett, wie es sich gehört? »Was …«, hebt Wilhelmine zu schimpfen an, doch dann fällt ihr ein, dass sie selbst es am Morgen mit dem Gehstock auffischen und damit nach dem Russenweib schlagen wollte, es dabei aber nur zur Seite geschoben hat.

»Bljad!«, zischt Lisa und sieht erst die Sauerei auf dem Teppich, dann Wilhelmine an.

»Böses altes Giftweib!«

Starre. Das Wort dehnt sich tonlos, nimmt allen Raum ein, bis Wilhelmines Herz wieder anspringt und hämmert, dass ihr der Hals eng wird. Sie ringt um Luft. Nein, das kann nicht sein, das ist unmöglich! Ihr ist, als bohrten sich die Blicke des Mädchens tief in sie hinein, durch alles Fleisch und alle Knochen und alles, was dahinter liegt, unerbittlich. »Wer bist du?«, fragt sie leise, zitternd, doch sie weiß nicht, ob sie es wirklich ausgesprochen hat, das Mädchen gibt keine Antwort, irgendwann merkt Wilhelmine, dass es auf dem Boden kniet und die Grütze vom Teppich kratzt.

Das Blut wummert noch immer durch Wilhelmines Körper, in einem fremden, furchterregenden Takt. Sie liegt und starrt auf das Mädchen, riecht mehr, als sie sieht, dass »Tosca« auf den Teppich gekippt wird, Bilder stürzen auf sie ein, das Kind auf der feuchtkalten Matratze kauernd, schlafmatt und voller Vertrauen; sie fühlt grenzenlose Angst und die stumme Runde der Blicke, die in sie dringen. Alle Kraft braucht sie, sich diese Bilder vom Leib zu halten. Beklemmung packt ihre Kehle, während das Herz in ihr schlägt, als gehöre es nicht dazu.

Die Russin stößt sie aus ihrer Trance. »Für deine Frechheiten musst du bezahlen.« Entschlossen bückt sich das Mädchen zum Schrank und holt die blaue Schatulle hervor. Sie fischt etwas heraus, dieses Mal ist es die Goldkette mit dem Kreuz, doch Wilhelmine nimmt sie kaum wahr, es kommt nicht mehr darauf an. Sie reißt sich mit aller Kraft zusammen, öffnet den Mund, die Stimme zittert wie ihr Körper. »Aber ... es war doch besser so.«

*

In dem graugestrichenen Küchenschrank stehen mehrere beigefarbene Blechdosen mit schwarzem Klappdeckel. In einer ist Kaffeepulver, vollkommen geruchlos, in zwei weiteren finden sich Sammelsurien von Puddingpulverpäckchen, Gummiringen, Plastikmesslöffeln und kleinen Pappstückchen. Uralte Rabattmärkchen, von irgendwelchen Lebensmittelverpackungen ausgeschnitten. Jelisaweta fingert die Kette aus ihrer Hosentasche und wirft sie achtlos zu den anderen Schmuckstücken, die sich in den vergangenen Tagen zwischen den Puddingtütchen angesammelt haben. Es scheppert leise. Dann verschwindet die Dose wieder hinter der blauen Haferflockentüte.

Was für ein Geschrei hat die Alte beim letzten Mal veranstaltet, als Jelisaweta einen Ring aus dem klapprigen Schmuckkasten genommen hat. Diebesgesindel und Russenpack hat sie geschrien, und Jelisaweta hat sich eingestehen müssen, dass sie selbst nicht mehr genau weiß, warum sie den alten Flitter nach und nach mitgenommen und in der Puddingdose versenkt hat. War es Zorn über die Unterstellungen oder Rache, vermischt mit einem winzigen Gefühl von Macht; die Hoffnung, etwas gegen die Alte in der Hand zu haben, sie zum Schweigen bringen zu können? Offenbar hat es funktioniert, wenn auch so unvermittelt, dass Jelisaweta die Sache nicht geheuer ist. Es stimmt, was man im Krankenhaus sagt: Irgendwann fangen sie alle an zu spinnen. Manchmal lässt sich sogar darüber lachen, wenn es besonders grotesk wird. Aber jetzt ist Jelisaweta nicht zum Lachen, stattdessen spürt sie ein Brennen, tief in der Brust.

Sie greift nach ihrem Teebecher, der sich mittlerweile kalt anfühlt, und geht langsam hinüber ins Wohnzimmer. Die Alte hat nicht gegessen, doch Jelisaweta ist sicher, dass sie vorerst nicht einmal ein Butterbrot anrühren würde. Den kalten Becher umklammert, lässt sie sich in dem weichen Ohrensessel nieder, von dem aus man die Tannen im Blick hat. Das Haus ist still, selbst die bemalte Uhr mit den Gewichten in der Diele schweigt, Jelisaweta hat keine Ahnung, wie sie aufzuziehen ist.

Mit dem Daumen fährt sie an der gedrehten Kordel entlang, die an den Kanten der Armlehne befestigt ist. Wenn man sie mit dem Nagel etwas anhebt, kann man den Faden sehen, mit dem sie am Polsterstoff angenäht ist. Das kann keine Maschine, jemand muss die meterlange Kordel mit der Hand angebracht haben, und der Gedanke, dass die Finger dieses Jemands dieselbe Stelle berührt haben, die nun Jelisawetas Finger berühren, nimmt sie auf sonderbare Weise ein.

Vielleicht ist es wahr, vielleicht werden sie alle irgendwann verrückt, doch diese Alte dort oben ist ihr bisher so erstaunlich klar erschienen, bedächtig und beinahe weise. Unvermittelt sieht sie Babka vor sich, jene undurchdringliche graue Person, gewichtig und herb wie ein Mann, allein der Gedanke an sie macht Jelisaweta beklommen. Sie hört ihre Stimme und ist wieder zu Hause, damals, wie lange mag das her sein, fünfzehn Jahre, eine Ewigkeit …

Der Badezimmerhocker steht umgedreht auf dem Fliesenboden, sein weißer Kunststoffsitz ist eine flache Schale, mit Wasser gefüllt, aus der die Silberbeine mit den Rostpunkten in die Luft staksen. Jelisaweta schielt nach dem hellgrünen Frisierumhang, der am Türhaken hängt. An einem der Stuhlbeine befestigt, gäbe er eine wunderbare Fahne ab oder ein Segel, aber um ihn vom Haken zu holen, hätte sie den Badezimmerhocker gebraucht. Doch der ist jetzt ein Ozean, auf dem kleine, eckige Boote schwimmen, aus dem Innenleben von Mamas leeren Streichholzschachteln gebaut, in die Jelisaweta Papiersegel geklebt hat. Die Oberseiten der Schachteln bewahrt sie in einer Tüte, vielleicht wird Mama ihr doch eines Tages helfen, die darauf klebenden Sammelbildchen mit Wasserdampf von der Pappe zu lösen. Laut polternd klopfen Seeräuber an die Kajütentür.

»Tonja Fjodorowna?«

Jelisaweta horcht auf. Es sind echte Seeräuber, was Jelisaweta wundert, denn normalerweise sind Männerstimmen nicht auf diesem Meer zu Hause. Auf Knien krabbelt sie zur Badezimmertür und späht in den Flur hinaus, zieht jedoch den Kopf sofort ein Stück zurück. An der Wohnungstür stehen zwei Milizionäre und halten Babka am Arm. Sie zetert, reißt sich los, schlägt noch einmal hinter sich, bevor sie sich an Mama vorbei in ihr Zimmer quetscht. Jelisaweta kann sie mit ihrer dunklen Jacke und den kurzgeschnittenen grauen Haaren hinter der Tür verschwinden sehen.

»Was ist passiert?«, hört sie Mama tonlos fragen.

»Die spuckt!«, knurrt der eine. »Sie hat uns beschimpft, nach uns getreten und mehrmals vor uns ausgespuckt. Normalerweise müssten wir sie mitnehmen, aber angesichts ihres … na ja, Zustandes wollen wir noch einmal ein Auge zudrücken.«

»Sie sollten in Zukunft besser auf Ihre Mutter aufpassen«, bekräftigt der andere. »Wir wissen ja, wie es um sie steht.«

Mama nickt nur, schließt die Tür vor den Beamten. »Gar nichts wisst ihr«, zischt sie und bleibt reglos stehen.

Leise richtet Jelisaweta sich auf, tappt in den Flur hinaus und betrachtet Babkas Zimmertür, als könnte die ihr etwas erzählen. Mama sieht klein aus, obwohl Jelisaweta von unten zu ihr hinaufsieht.

»Was ist mit Babka, Mama?«

Mama dreht sich schweigend um, blickt durch Jelisaweta hindurch auf den Fußboden.

»Mama, warum ist Babka verrückt?«

Schon ist Mama wie immer und herrscht Jelisaweta an: »Unsinn, Babka ist nicht verrückt. Wer sagt denn so etwas?«

Jelisaweta presst die Lippen aufeinander. Alle sagen das, müsste sie antworten. Mama macht einen Schritt auf Jelisaweta zu, streckt ihre Hand aus, als wolle sie über ihren Kopf streichen, doch die Hand sinkt wieder herab. »Babka hat viel Kummer gehabt.« Dann wendet sie sich brüsk um, als hätte sie mehr Worte verschenkt, als Jelisaweta zustehen.

*

Wilhelmines Blick irrt durchs Zimmer, auf der Suche nach irgendetwas, in das sie ihre Gedanken ankern könnte. Was ist mit den Gardinen? Wann hat sie die eigentlich gekauft, hat die alte Frau Wagner die noch genäht? Und die Kiste da oben auf dem Schrank, was ist da überhaupt alles drin? Mühsam zieht sie im Geist Schuhschleifen und verblichene Seidentücher heraus, fischt Stück für Stück nach längst Überflüssigem, doch das Wort schnappt immerzu nach ihr, wie eine Hand aus dem Nichts, und packt zu. Eine kräftige, junge Russenhand. Dann verschwimmt alles, Bilder und Worte mischen sich zu einem tiefen Sumpf, der sich um sie schließt, und Wilhelmine ist außerstande, zu sagen, was sein kann und was nicht. Für Augenblicke ist alles möglich. Wie damals, als sie unter der Magnolie lag, mit dem Kopf auf klammer, satter Frühlingserde, neben sich ein paar braunwelke Narzissen, und auftauchte aus diesem dunklen, warmen Eiderdaunenschlaf, der nach und nach Löcher bekam. Erst ganz kleine, die nicht gestört haben, dann mehr und größere, bis es licht wurde und kalt. Es muss Stunden gedauert haben. Nie wieder hat sie so geschlafen, so herrlich tief und tot. Und nie wieder war das Erwachen so endgültig. Erbarmungslos ist die Kälte ihre nackten Beine emporgekrochen. Sie trägt nur Wollsocken unter dem Mantel, spürt die Pflastersteine unter sich, bucklig und feucht. Sieht die Magnolienäste über sich, dieses bizarre schwarze Gewirr, die makellosen blassrosa Knospen, und staunt, bis der Boden unter ihr wieder zu zittern beginnt. Instinktiv krampft sich ihre rechte Hand zusammen, umschließt etwas, das sich spitzkantig und unerwartet warm anfühlt. Ein kleiner Stein? Wie lange hält sie ihn schon? Als sie den Arm anhebt und die steifkalten Finger behutsam öffnet, rutscht etwas heraus, kitzelt über ihre Haut, silbrig glänzend fällt es auf ihre Brust …

Nein! Wilhelmine reißt an der Bettdecke.

Herrgott, irgendein Gedicht, sie muss doch etwas zusammenkriegen, *wer reitet so spät durch Nacht und Wind? Es ist der Vater mit seinem …* nein, nicht das, es muss ihr etwas anderes einfallen, etwas Heiteres, Kästner, Busch, *er hat den Knaben wohl in dem Arm, er fasst ihn sicher, er hält ihn warm …* Mit stummen Lippenbewegungen spricht sie weiter, spricht Vers für Vers wie ein Gebet in die Stille hinein, *sei ruhig, bleibe ruhig, mein Kind, in dürren Blättern säuselt der Wind …* Wie ging es weiter? Noch einmal sagt sie die Zeile her, stockt, spürt den kalten Schweiß, der ihre Hände hält.

Bald beginnt es zu dämmern. Wilhelmines Brust wird eng. Mehr denn je fürchtet sie heute die Dämmerung, diese gnadenlose Zeit, da der Tag nicht mehr trägt und die Nacht noch nicht greift. Eine Zwischenwelt, so grenzenlos, dass kein Gedanke darin Halt findet. Früher hat ihr immer der Fernseher geholfen, der und ein Gläschen Portwein. Weißer Portwein muss es sein, schwer zu kriegen und teuer, aber den hat sie im Schrank versteckt. Und es gibt niemanden, den sie bitten könnte, ihn zu holen. Sie hat ihn in dem kleinen Delikatessenladen in der Altstadt gekauft. Ob sie da jemals wieder hinkommt? Seit sie aus dem Krankenhaus entlassen ist, greift diese Dämmerstunde unbarmherzig nach ihr, doch bisher hat sie es immer geschafft, ganz tief in ihr Meer zu tauchen, dorthin, wo sie sicher ist. Aber das Wort hat sich aufgebläht und lässt sie oben treiben, wie mit Schwimmflügeln. Dort packt es sie und hält sie unbarmherzig fest. Wilhelmine liegt und starrt in das Abendgrauen.

Die Konturen verschwimmen. Wer hat das Mädchen geschickt? Diese Russin weiß alles. Dass sie eine Strafe ist, dessen ist Wilhelmine sich jetzt sicher. Vielleicht ihre letzte? Jahre-, ach jahrzehntelang hat sie geglaubt, dass es allmählich gut sein müsse, so alt, wie sie geworden ist. Schließlich war das Leben selbst ihr Strafe genug, seine Unausweichlichkeit, seine Zähigkeit; es hat an ihr geklebt, ohne Gnade. Beständig hat sie auf ein Ende gehofft, doch so leicht wird eine wie sie das Leben nicht los. Damals, als sie in die qualmenden Ruinen hineingelaufen ist und die Soldaten angeschrien hat, da hat sie es schon geahnt. Dass es so rasch nicht zu Ende sein würde.

Und dann, später, in der Wohnung, auf ihrem Bett, an das sie sich geklammert hat, fest entschlossen, nie wieder aufzustehen, einfach liegen zu bleiben, bis alles vorbei ist. Da war sie nahe dran, damals, war immer tiefer hinuntergetaucht, immer länger, und vielleicht wäre alles gutgegangen, wenn nicht der Steppke von der Elsemarie Wenzel herumgeschnüffelt und schließlich seine Mutter herbeigeholt hätte.

»Frau Hübner, um Jottes willen«, hat sie gerufen und versucht, ihr Wasser einzuflößen, dass es Wilhelmine kalt über das ganze Gesicht gelaufen ist. »Nun machen Se schon den Mund auf, Se müssen was trinken, der Krieg is doch vorbei.«

Da hat Wilhelmine den Kopf geschüttelt, aber keiner hat es gesehen. Lasst mich, hat sie gedacht, der Krieg ist nicht vorbei, nicht für mich, der hat gerade erst angefangen.

Sie sind dann mit dem Rest ihrer Habseligkeiten bei ihr eingezogen, die Elsemarie mit ihrem Sohn und ihrer Schwester, der Teufel hat sie geschickt. Elsemarie hätte sicher behauptet, der Herrgott sei es gewesen, doch Wilhelmine hat da keinen Unterschied mehr gemacht.

»Wir kriejen Se schon wieder hin«, hat Elsemarie gesagt, den Schutt von der kaputten Mauer runtergeschafft und ihr Lager im Wohnzimmer aufgeschlagen. Vor das Loch zwischen den beiden Zimmern haben sie einen

Teppich gehängt und darüber alte Küchenlappen, damit man den Teppich nicht sehen konnte. Gehört hat Wilhelmine trotzdem alles. Alles. Den Steppke haben sie ins dritte Zimmer quartiert, die Matratzen aus dem Keller nach oben geholt. Wilhelmine hätte schreien mögen, wenn sie es denn gekonnt hätte. Aber sich zu wehren, gegen irgendetwas, dazu hatte sie ja nun kein Recht mehr.

»Eene Hand wäscht die andre, Frau Hübner, nich wahr, jetzt müssen wir zusammenhalten. Wir kriejen Se schon wieder hoch, dit wär doch jelacht. Herrjott, wie der Tod uff Latschen sehn Se aus, dass man Angst kricht.« Hafergrütze haben sie ihr gegeben gegen den Hunger, den sie nicht hatte, tagelang Hafergrütze mit einem winzigen Stück Butter, die hatten sie noch irgendwo im Keller versteckt. Wilhelmine hat es versucht, aber es ist alles wieder rausgekommen. So ein Körper, der lernt schnell. Stundenweise ist Wilhelmine damals weggetaucht und flog, immer ein Stückchen höher und weiter, dorthin an die Grenze, wo sie das alles nichts mehr anging, aber das Leben ist zäh, und irgendwann lag sie doch wieder dort unten in ihrem halben Ehebett, neben sich ein Loch, die zweite Matratze hatte die Elsemarie sich ins Wohnzimmer geschafft.

Lange hat es nicht gedauert, bis die schweren Stiefel die Treppe heraufgepoltert kamen. Auch zu ihr. Endlich, hat sie da gedacht. War wie erlöst, endlich alles auf sich nehmen zu können. Laut gelacht hat sie, vor Erleichterung, aber es muss sich wie ein Schrei angehört haben, denn die Elsemarie kam gleich angelaufen und hat geschnattert wie ein Huhn. »Finger weg! Krank, schwer krank! Auszehrung. Verstehen?« Da haben sie die Decke wieder fallen lassen und die Stimmen gesenkt. Nichts war ihr vergönnt, nicht der Tod und nicht die Sühne.

Ein jähes Geräusch lässt Wilhelmine herumfahren, jemand steht an der Tür, die Wirklichkeit schwappt in ihre Gedanken, und für einen Moment verliert sie den Halt. Das Mädchen, wer sonst. Wilhelmine spürt ihr Herz, es pocht in ihren Ohren, als wolle es sie an etwas erinnern.

»Also. Das geht doch.« Energisch stopft das Mädchen ihr die Kissen im Rücken fest und klappt den Betttisch auseinander. Aber nein, das ist nicht irgendein Mädchen. Wilhelmine starrt in das rundlich-pralle Gesicht, auf den Schokoladenglanz der Locken, spürt überdeutlich seine Nähe. Sie schrickt zusammen, als es unvermittelt vor ihrem Gesicht mit den Fingern schnippt.

»Buh!« Feindseligkeit liegt im Russenblick.

Ein Schrei entfährt ihr, zitternd verharrt sie noch, als die andere längst verschwunden ist.

Reglos bleibt sie sitzen, schiebt irgendwann das Tablett von sich. Ihr ist schlecht. Nur schlafen will sie, so wie damals, nur schlafen und alles vergessen.

*

Jelisaweta sieht auf die Küchenuhr. Ob Mama zu Hause ist? Welchen Dienst hat sie diese Woche? Jelisaweta weiß es nicht mehr, der Dienstplan, der sie seit beinahe zwei Jahren beherrscht wie ein Kalender, entgleitet ihr, eine Zeitrechnung, die nicht mehr gilt. Sie nimmt das Telefon von der Dielentruhe und kauert sich auf das Wohnzimmersofa.

»Jelisaweta.« Mama klingt so heiser und matt, dass Jelisaweta den Anruf sofort bereut. Unmut steigt in ihr auf, obwohl sie es eigentlich besser hätte wissen müssen.

»Alles in Ordnung, Mama?« Nur widerstrebend ringt sie sich diese Frage ab. Sie hat keine Lust, Mama aus ihrer Nebelwelt abzuholen, bevor sich drei vernünftige Worte mit ihr reden lassen. Jelisaweta sieht sie vor sich sitzen, auf der grünen Couch in der Küche, den Aschenbecher auf dem Schoß, das Telefon neben sich. Die Tür zum Flur muss weit offen bleiben, damit das Kabel bis in die Küche reicht. Sie kann hören, wie Mama an der Zigarette zieht, den Qualm zwischen beinahe zusammengepressten Lippen herausdrückt, dass es im Hörer rauscht.

»Nun sag schon, was los ist.« Sie ärgert sich über ihren eigenen, betulichen Tonfall, schüttelt sich, als ließe sich Fürsorge abschütteln. Wie Eiswasser überfällt sie die Ahnung, sie könnte Babkas Geburtstag vergessen haben, Mamas heiligen Gedenktag, doch der war im Herbst.

Mama holt Luft, sagt aber nichts.

»Mama …«

»Wie kannst du so etwas nur tun, Jelisaweta?« Ihre Stimme kippt.

»Ich hab das gar nicht …« Jelisaweta hält inne. Unsinn. Mama kann das mit dem Schmuck nicht wissen. Außerdem hat Jelisaweta es überhaupt nicht ernst gemeint. Dennoch bleibt ein Gefühl von Unwirklichkeit, als müsse sie jeden Moment erwachen.

Mama schluchzt auf. Jelisaweta weiß, dass sie die Zigarette jetzt im Ascher geparkt hat, sich mit der freien Hand die Brauen knetet, als wolle sie sich das Gesicht wie einen Lappen vom Schädel reißen.

»Jetzt hör auf, ich weiß gar nicht, warum du heulst!«

»Dass du mir so eine Schande machen musst.« Wieder jagt sie ihr heiseres Schluchzen durch die Leitung. »Wenn das Babka wüsste …«

»Wenn Babka was wüsste, verdammt noch mal?« Jelisaweta hat große Lust, aufzulegen. Fehler in der Leitung, könnte sie später sagen. »Mein Gott, Mama, jetzt reiß dich zusammen!«

Schweigen. Mama wimmert von neuem los, Jelisaweta kann noch hören, wie sie die Nase hochzieht. Es ist Mama, die schließlich den Hörer auflegt.

Zitternd kauert Jelisaweta auf dem Sofa und starrt das Telefon an, bis das Licht im Display erlischt. Dann packt sie eines der senfgelb geblümten Leinenkissen, beißt in den rauen Stoff und wartet, dass die Tränen aufhören, ihren Brustkorb zu schütteln.

In dieser Nacht kommen die Schreie wieder. »Hie-sa. Hie-sa.« Lauter sind sie dieses Mal, und Jelisaweta kann durch die angelehnten Türen hören, wie unruhig die Alte schläft. Als etwas laut poltert, läuft sie hinüber.

Wilhelmine Hennemanns Arm knallt gegen das Kopfteil des Bettes. »Hie-sa. Nein. Tus nicht!« Ihre Lider zucken. Instinktiv umfasst Jelisaweta das ruhelose Handgelenk, drückt es sanft, aber bestimmt nach unten. Es muss ein großes Ungeheuer sein, gegen das die Alte im Schlaf zu kämpfen hat. Behutsam setzt Jelisaweta sich auf die Bettkante und beginnt, ein Schlaflied zu summen, jenes, das die Au-pair-Mutter dem kleinen Friedrich allabendlich vorgesungen hat. Den Text weiß sie nicht mehr, doch russische Schlaflieder kennt sie noch weniger. Sachte streichelt sie die faltige Hand, bis sie spürt, dass die sich langsam entspannt.

»Gisela.« Die Alte haucht es mehr, als dass sie es spricht, und für einen winzigen Moment reißt sie die Augen auf, auch ihr Blick ist ein scharfer Schrei, dann geht ihr Atem wieder völlig ruhig.

Gisela.

Hiesa ist Gisela. Nicht Lisa.

Mit einer Mischung aus Enttäuschung und Neugierde legt sich Jelisaweta in ihr Bett, zieht die Beine an und wickelt die Decke um ihre Füße. Es kommt ihr vor, als brauche sie Stunden, um in den Schlaf zu finden. Immer wieder sieht sie den verzerrten Blick vor sich, hört die angstvollen Rufe. Wer immer diese Gisela sein mag, sie muss etwas Furchtbares angestellt haben.

*

Die Decke wird ihr weggezogen, Kälte packt sie, Hände greifen nach ihr, sie lässt es geschehen.

»Du musst helfen, habe ich gesagt.«

Wilhelmine lässt den Kopf zur Seite fallen. Sie spürt, wie die andere versucht, ihre Füße mit Schwung über die Bettkante zu ziehen.

»Bleibst du eben liegen, alter Esel!« Sie hört das Mädchen schnauben, fühlt, wie ihre Beine ins Bett zurückgeschoben werden. Kurz darauf wird sie unter den Knien gepackt und angehoben, diese Russin macht es anders als Karin, routinierter, ja, da ist Wilhelmine sicher, die hier weiß genau, was sie tut. Sie zieht ihr das Nachthemd über die Windel und breitet die Bettdecke aus.

Da liegt Wilhelmine, neben sich das Matratzenloch. Luft geht, die Fensterscheibe ist zerbrochen; wäre es Winter, wäre sie sicher längst erfroren. Sie hält die Augen geschlossen, sieht dennoch das notdürftig kaschierte Mauerloch, die zerschrammte Kommode, die hölzerne Rückwand des Spiegels, der in Scherben gegangen ist. Eingetreten haben sie ihn, das hat sie zumindest später immer gesagt. Fast anmaßend erscheint ihr nun die Leichtigkeit, mit der sie sich früher darin betrachtet hat. Früher. Vorher. Sie hat etwas Obszönes, diese Nonchalance, mit der sie einst die Treppe hinunter und zum Einkaufen gegangen ist, in ihrem gelbblühenden Sommerkleid, als gäbe es kein Schwarz auf der Welt. Sie sieht Preuskers Milchladen an der Ecke. Herrn Preusker mit seiner blauen Schürze, der statt Haaren seinen Bleistift hinter dem Ohr trägt. Und auf dem Heimweg ist sie stets einen Umweg gegangen, zu dem Geschäft mit der roten Markise, die hatten das frischeste Gemüse. Sie sieht die Steinplatten auf dem Gehsteig, von ungezählten Schritten und Regengüssen blank geschliffen. Und dann das Haus. Unten die Apotheke von Herrn Zielen, mit dem weißen Emailleschild, *Notglocke* steht darauf. Er winkt ihr zu, kommt heraus aus seinem Laden, wie jedes Mal, grüßt höflich und galant. Lächelt. Greift nach Wilhelmines Hand, seine Augen zwei schwarze Löcher, sein ganzer Kopf nur noch ein Totenschädel, er zerrt an ihrem Arm, Wilhelmine schreit, reißt sich los, stürzt davon, rennt atemlos die Straße entlang, immer weiter, nur fort …

*

Unendlich langsam frisst der Regen an den Schneeflecken im Garten, bis nur mehr gelbbraunes Gras zu sehen ist. Der Himmel hängt wie Schmutz über dem Haus, und die Feldwege, auf denen Jelisaweta zu joggen versucht hat, sind lehmige Matschpisten. Es bleibt den ganzen Tag über so finster, dass sie Licht anschalten muss. Sie kauft exotische Teesorten und zündet Teelichter an, doch das gibt ihr das Gefühl bevorstehender Weihnacht, also bläst sie die Kerzen wieder aus. Sie tanzt allein zu MTV, überlegt, ob es eine Diskothek in der Nähe geben könnte. Sie besorgt sich ein Stadtmagazin, doch für die Eintrittspreise der Frankfurter Nachtlokale kann man ohne weiteres ins Kino gehen.

Frau Hennemann zu versorgen ist, als müsse man eine Tote pflegen. Die Alte wendet seit Tagen den Kopf ab, wenn Jelisaweta eintritt, lässt über sich ergehen, was immer Jelisaweta tut, reagiert auf keinen Zuspruch, auf keine Milde, auf keinen Zorn. Nur manchmal fängt sie ganz unvermittelt an zu schreien, wie irre, um gleich darauf wieder reglos dazuliegen, als hätte ihr Geist sich längst verabschiedet, und Jelisaweta wird flau; sie denkt mit bangem Herzen an Karin Hübner und ihre Rückkunft. Am liebsten würde sie die Alte schütteln, sie sehnt sich beinahe nach deren Anfeindungen, nach einem Zeichen von Leben, mitunter ist sie selbst dem Schreien nahe, doch Frau Hennemann bleibt stumm. Sie hat sich ergeben, denkt Jelisaweta, aber es fehlt an Triumph.

Jelisaweta kocht im Voraus, Grütze, Suppe, Reisfleisch, friert winzige Portionen ein, setzt die Alte dreimal täglich auf den Toilettenstuhl, wäscht sie morgens und reinigt ihr am Abend das Gebiss. Den Rest des Tages verbringt Jelisaweta auf dem Sofa, steckt vor Langeweile die Nachthemden und Sweatshirts einzeln in die Waschmaschine und kramt in den Schubladen und Schränken nach einer fremden Welt, die sich aber als harmlos und öde erweist. Zu gerne hätte sie einen Blick in das Arbeitszimmer geworfen, doch der Schlüssel ist nicht zu finden. Eine Weile hört sie die alten Vinylschallplatten an, die im Esszimmerschrank liegen. *Mahler, Sämtliche Sinfonien, Schubert, Forellenquintett* und *Glanzlichter der Oper*. Die Liebesromane, die Jelisaweta sich mitgebracht hat, sind längst ausgelesen, die Frauenmagazine zerfleddert. Einmal pro Woche klemmt eine dünne Zeitung an der Gartenpforte, ein kostenloses Wochenblatt. Jelisaweta erfährt, wann die Müllabfuhr wegen Straßenbauarbeiten ihre Termine verlegen muss, dass ein Kleinlaster ein Straßenschild umgefahren hat und welcher Film in der kommenden Woche im Kino laufen wird. Sie ruft noch ein paarmal bei Mama an, aber die geht nie ans Telefon, Jelisaweta vermutet, dass sie den Stecker herausgezogen hat. Es ist Mamas Art, Unangenehmes aus der Welt zu schaffen.

Ziellos schlendert Jelisaweta vom Esszimmer durch das Wohnzimmer in die Küche. Sie könnte auch andersherum gehen. Niemand macht hier Vorschriften, niemand verlangt etwas, niemand beobachtet sie, niemand teilt das Zimmer mit ihr. Niemand fragt, wann sie schlafen geht oder was sie gegessen hat. Noch vor Wochen, zu Hause, hatte sie sich nach nichts heftiger gesehnt als nach alledem, doch jetzt wird ihr klar, dass Freiheit etwas ganz anderes sein muss.

Sie sehnt sich nach einem Wort, einer Berührung, die

ganz ihr gilt. Gab es je eine Berührung, die nur ihr gegolten hat?

Ganz hinten im Wohnzimmerschrank hat sie eine Flasche mit klebrig-süßem Wein gefunden, sie schenkt sich ein kleines Glas davon ein und wählt Maschas Nummer. Mascha hört sich an, als spräche sie zu einer Kranken; der Tonfall der Freundin ist wie ein Betttuch, hastig über eine üble Wunde gedeckt.

»Mein Gott, Mascha, hältst du mich für blöd? Was ist eigentlich los, irgendetwas stimmt doch nicht bei euch. Meine Mutter hat das Telefon rausgezogen und du …«

»Sie hat was?« Mascha lacht auf. »Das sieht ihr ähnlich. Naja, also …« Maschas Stimme wird ernst. »Um es kurz zu machen, deinen Job im Krankenhaus bist du los.«

»Wie bitte?« Jelisaweta lehnt sich gegen die Terrassentür. »Das kann nicht sein, Sergej hat mir zugesichert, dass …«

»Ach, Sergej, vergiss den, das war, bevor die Geschichte mit euch rauskam. Der tut jetzt so, als wüsste er nicht einmal deinen Namen.«

Da ist kein Wort, das Jelisaweta sagen könnte, nur das Gefühl von Tiefe unter ihren Füßen. Sergej. Sie sieht ihn durch die Gänge eilen, in seinen hellen Pullovern. Sergej, der einzige von den Ärzten, der nie einen Kittel trägt, immer nur Hemd und Pullover. »Aber … wieso jetzt? Das ist doch längst vorbei.«

»Die dämliche Iwanowna hat herumgestänkert, nachdem du fort warst, keine Ahnung, woher sie es weiß, aber dass sie froh wäre, wenn du nicht wiederkommst, das hab ich dir gleich gesagt. Zu deiner Mutter hat sie wohl auch ein paar Bemerkungen gemacht.«

»Scheiße.« Jelisawetas Stimme knickt weg.

»Nun mach dich nicht verrückt, mit dem Geld, das du jetzt verdienst, kommst du doch eine ganze Weile ohne Job aus. Dann hast du Zeit genug, dir was anderes zu suchen.« Jelisaweta hört, wie Mascha atmet. »Du, ich muss jetzt los …«

Jelisaweta nickt, lässt den Hörer sinken. Sie starrt auf die kleine Terrasse hinaus. In den buckligen Natursteinplatten mit den Moospolsterfugen stehen Pfützen. Immer wenn ein Tropfen von der Dachrinne hineinfällt, zittert die Wasseroberfläche für kurze Zeit.

Sie merkt, dass er sie wieder ansieht, er hat sie seit dem Nachmittag angesehen, wie gestern auch, und am Tag davor. Immer wenn sie sich zu ihm umdreht, wendet er das Gesicht ab und sucht nach etwas, auf das er seinen Blick richten kann. Er wirkt fast hilflos. Als die mittlere Schicht sich verabschiedet, bleiben sie allein im Dämmerlicht des Stationszimmers. Er greift nach der Thermoskanne, hält sie mit fragendem Blick über Jelisawetas Tasse. Sie nickt und sieht den schmalen Goldreif, der an seinem Finger aufblitzt, während er ihr Kaffee eingießt. Wieder sein Blick, diesmal fester, verbindlicher. Wie Hitze fließt er durch ihren Körper. Seine Augen sind tiefgrün, nie hat sie so dichte Wimpern bei einem Mann gesehen, fast beneidet sie ihn darum, denkt an die Wimperntusche, die Mama in den Mülleimer geworfen hat, seither benutzt Jelisaweta nur heimlich welche.

Wie schwebend greift sie nach ihrer Tasse, sieht aus

dem Fenster auf den schlafenden Klinikhof. Er tritt neben sie, nah, näher als nötig. Sie kann seinen Körper spüren, beinahe so, als berühre er sie.

»Ich … muss noch ein paar Sachen auffüllen.« Ihre Stimme ist belegt. Sie schickt ihm ein scheues Lächeln, nimmt den Schlüssel zum Magazin aus der Schublade und verlässt das Stationszimmer. Die Kollegin vom Frühdienst hat am Morgen erst alles aufgefüllt. Wahllos greift sie nach einem Paket Kompressen, als sie schon den sicheren Klang seiner Schritte hinter sich hört und das Geräusch des Schlosses, das sachte einrastet. Sie fühlt seine Hand an ihrer Taille, seinen Atem in ihrer Halsbeuge, ihr wird heißkalt; mit dem Blick hält sie sich an den grauen Streben des wackligen Metallregals fest, auf dem die Abdecktücher lagern. Er streift mit den Lippen ihren Nacken, ihr Ohr, nur die Wärme seiner Hände sagt ihr, dass er sich ihren Brüsten nähert. Ganz allmählich drängt er seinen Körper gegen ihren Rücken, hält mit seinen Bewegungen die Zeit an und dann, irgendwann, dreht er sie zu sich, längst hat sie die Augen geschlossen, sie fühlt seine Lippen und öffnet ihren Mund, nimmt ihn auf, alles an ihr ist weich und froh und festlich.

Wortlos schiebt er sie auf einen Stapel frischer Handtuchrollen, die steifen Kanten der Stoffballen drücken in ihren Rücken. Es ist stickig in der fensterlosen Kammer. Dann ist Sergej neben ihr, presst sich gegen sie und öffnet die Knöpfe ihres Kittels. Sie versucht zu denken, einen klaren Kopf zu bewahren und nicht zu vergessen, was sie sich vorgenommen hat. Geh nicht zu weit, er ist schließlich verheiratet, doch die Erregung macht das

Denken wattig, und alle Vorsätze zerlaufen unter seinen Händen …

Jelisaweta leert das klebrige Glas. Draußen ist es finster, die Konturen der Tannen sind im Schwarz verschwunden. Bevor sie zu Bett geht, nimmt sie einen Plastikbeutel mit Reisfleisch aus dem Gefrierfach. Den Inhalt wird sie morgen in den Mülleimer kippen wie schon seit Tagen, weil die Alte nicht isst. Sie fragt sich, wie man in diesem Land mit solchen alten Frauen verfährt, ob man sie in eine Klinik einweisen und an den Tropf hängen oder einfach verhungern lassen wird. Jelisaweta schüttelt den Kopf. Man kann nicht verhungern in Deutschland. Aber das ist beinahe gleichgültig, weil es so oder so bedeutet, dass ihr Auftrag endet. Dass sie nach Hause fahren und nach Arbeit suchen wird. Nach Hause, zu Mama. Die Rauten der Tapete verschwimmen vor ihren Augen, sie reißt ein Stück Küchenpapier von der Rolle und schnäuzt sich. Jelisaweta weiß, dass sie den Arzt informieren sollte, doch irgendetwas sagt ihr, dass sie diese Sache allein regeln muss.

*

Wieder dröhnen Fernsehgeräusche durch die Heizungsschächte. Ab und an lässt ein vorbeifahrender Wagen einen Lichtstreifen über die Gardine ziehen. Wilhelmine reibt mit dem Handrücken über die Bettdecke, hin und her, sie hat eine Falte des Bezugs zwischen Zeige- und Mittelfinger geklemmt und spürt daran entlang. Schwebt. Friert. Hört sie wieder singen, sie kann das Lied schon beinahe auswendig, obwohl sie keine Ahnung hat, was die fremden Worte bedeuten. Elsemarie lacht wie ein Suppenhuhn, je später es wird, desto schriller, gelegentlich fällt ein Stuhl um, Glas klirrt. Schummrig dringt Licht durch das Teppichmauerloch. Morgen wird Elsemarie wieder ihren Lohn mit Wilhelmine teilen oder das, was davon übrig ist. Heringe und Schwarzbrot und was sie ihr sonst alles gebracht haben. Anfangs war Elsemarie noch sparsam gewesen mit ihren Zuteilungen, jeder ist sich selbst der Nächste, bis sie kapiert hat, dass Wilhelmine ihr nichts wegisst. Mittlerweile wird die Unruhe spürbar, die Elsemarie mitbringt, gestern hat sie Wilhelmine sogar einen Klecks Butter mit dem blanken Daumen in den Mund gedrückt, da gehört schon was dazu. »Hat er extra für dir mitjebracht, damit du wieder auf de Beene kommst, dit wär ja nich zum Ansehen mit dir, hat er jesacht.« Wilhelmine hat würgen müssen, und jetzt stinkt das ganze Kopfkissen ranzig.

Vor ihr liegen noch immer Toastecken mit Mortadella, was soll sie damit? Wilhelmine riecht die Essiggurke, wenigstens sind keine Eier dabei. Dann hört sie Schritte auf der Treppe, dieses Mal klingen sie lauter, energischer. Wilhelmine hält die Augen geschlossen, nimmt nur durch die Lider wahr, dass das Licht eingeschaltet wird.

»Oh, was will das werden hier, Hungernstreik?«

Verschwinde, denkt Wilhelmine und hört die Russin seufzen.

»Willst du verhungern, also? Bitte schön, aber nicht, wenn ich hier bin. Wird gegessen jetzt!«

Wilhelmine spürt mehr, als dass sie sieht, wie die

andere mit dem Teller näher rückt, ihr eine Toastecke an den Mund hält, und ohne nachzudenken, schlägt sie mit dem Arm zur Seite, trifft den Teller und weicht, erschrocken vor sich selbst, zurück. Ein Laut entfährt ihr, ein gestöhnter Schrei.

»Hey! Was machst du?! Was habe ich dir gemacht, he? Redest du endlich mit mir jetzt.«

Etwas in Wilhelmines Brust ballt sich zusammen, sie presst die Faust gegen den Mund, weil ihre Lippen zittern. »Ihr seid schuld.« Die Worte schwappen aus ihr heraus. »Drecksrussen!«

»Was ist los? Ich bin schuld, wenn du nicht isst? So eine Blödsinn!«

Wilhelmines Herz rast, als wolle es sie schütteln. Mit einem Ruck wirft sie sich herum, obwohl der Schmerz in ihren Rücken fährt, und spuckt, spuckt in ihre Richtung, spuckt die Russin fort.

Der Brotteller plumpst auf die Bettdecke, die Toastecken rutschen über den Tellerrand. Endlich springt die Russin auf. Als Wilhelmine die Tränen in deren Augen sieht, lässt sie sich zurücksinken.

»Prokljataja fignja.« Die Russin stampft mit dem Fuß auf und rennt zur Tür. »Patschemu wsjegda ja?« Sie schreit die Worte heraus. »Ach, bljad! Wy she wsje odinakowyje, k tschortu was wsjech!« Wie mit Fußtritten werden Wilhelmine die Worte entgegengeschleudert; dass sie keines versteht, lässt sie noch härter auftreffen, allein am Ton erkennt sie, dass es Flüche sind. Der Zorn kocht in ihr hoch. Sie packt den Toast mitsamt der Gurke und schmettert ihn der Russin hinterdrein.

Erst als sich die Tür geschlossen hat, sackt sie zusammen und starrt ihr nach, bis das Zittern in ihrem Kiefer nachlässt. Ihre Hand hält noch immer das letzte Toastviertel umkrampft. Wilhelmine betrachtet es eine Zeitlang und stopft es sich schließlich in den Mund.

Am nächsten Morgen sind die Brotreste vom Boden verschwunden, und die Bettwäsche ist gewechselt worden. Beklommen sieht Wilhelmine auf die Seitenwand des Kleiderschranks, Mahagoni dunkel, die sich für Momente aufhellt, wenn die Sonne durch die Wolken bricht. Gegen Mittag hört sie das Telefon unten klingeln, hört, wie das Mädchen spricht. Wieder will sie schreien, es ist ihr Telefon, doch das hat kein Gewicht. Sie lauscht auf die Stimme des Mädchens, aber die singenden, kullernden Laute jener verhassten Sprache bleiben aus. Die Russin spricht Deutsch, eine ganze Weile, und jäh schöpft Wilhelmine Hoffnung, dass es Karin sein könnte, die angerufen hat. Längst sind ihr die Tage entglitten, sie vermag sie nicht zu zählen, nicht zu unterscheiden, nur ihr Gefühl sagt ihr, dass Karin wieder zurück sein müsste. Und als wiche ein Krampf, lässt sie sich tiefer sinken, und der Atem geht weit. Alles wird gut, Karin wird kommen und Dieter, und sie werden das Mädchen fortschicken, dorthin, woher sie gekommen ist.

Nach einer Weile steigt sie die Treppe herauf und reicht Wilhelmine wortlos das Telefon, geht jedoch nicht fort, sondern bleibt mit verschränkten Armen am Bett stehen.

Wilhelmine hebt den Apparat an ihr Ohr, starrt die Russin an, die keinen Zentimeter weicht, erst als Wilhelmine mit der Hand in ihre Richtung wedelt, verschwindet sie ins Badezimmer.

»Tante Minchen? Bist du dran? Hallo?«

»Ach, Karin.« Sie seufzt vor Erleichterung. »Wann kommst du?«

»Minchen, was machst du denn für Sachen? Du kannst doch nicht mit dem Essen herumwerfen, das tut man doch nicht, hörst du?«

Wilhelmine presst die Lippen zusammen.

»Minchen?«

Sie weiß, dass das Mädchen hinter der angelehnten Türe steht.

»Und hör um Gottes willen auf mit deinen Räuberpistolen. Kein Mensch will an deine Kronjuwelen.«

»Aber …« Die Worte bleiben ihr im Hals kleben.

»Tante Minchen, bitte, du machst das Mädchen ja ganz fertig mit deinen Anschuldigungen. Sei lieb und lass die Dummheiten, die Lisa hat dir nichts getan. Hörst du? Du sollst essen, was sie dir bringt. Hast du verstanden? Tante Minchen?«

Wilhelmine legt den Telefonapparat auf die Decke, sie nickt, mehr zu sich selbst denn zu Karin, ihr ist, als stünden beide am Fuß ihres Bettes, Karin und die Russin, die eine zur Rechten, die andere zur Linken, und schauten Wilhelmine an.

Karin erscheint nicht. Am Mittag nicht und auch nicht am nächsten Morgen. Die Russin trägt das volle Tablett und einen triumphierenden Blick aus dem Zimmer. Erst nachdem das Geschirrklappern unten verstummt ist, hört Wilhelmine das Auto, es fährt in die Einfahrt, also ist es Dieter, der fährt, Karin parkt immer auf der Straße, die Pfosten stehen ihr zu eng.

Das Klackern der Haustür ist kaum zu vernehmen, Dieter schleicht sich herein, sie soll ihn nicht hören, aber sie hört ihn immer. Und immer hat sie dabei das Gefühl, als fülle jemand ihr Inneres mit Kaltwasser auf. Er spricht mit dem Mädchen, sie wechseln nur wenige Worte, dann ist er fort.

Sie hat nicht nach ihm rufen wollen, nein, betteln wird sie nicht. Das hätte ohnehin keinen Zweck bei Dieter, er ist wie eine Nebelbank, so fest man auch zupackt, man greift ins Leere. Als Kind, da war er anders, der Dieter, da war er kompakt und irdisch, ein Kind zum Festhalten. Sie sieht ihn durch den Hof rennen, in seinen kurzen Lederhosen, die Knie rotwund, der Rest braungebrannt, Lachen im Gesicht. Die Kinderstimmen hallen zwischen den Hauswänden, ein Grundgeräusch, das über Jahre anhält.

Tante Mine, rufen sie, und Wilhelmine krabbelt auf Knien in das Papphäuschen, das sie gebaut haben, ein umgedrehter Eimer steht als Tisch darin, Wilhelmine breitet ihr Taschentuch aus und stellt den Kuchenteller darauf. Es ist eng, Dieter klettert auf ihren Schoß, und sie füttert ihn mit Apfelkuchen, Leuchten in den Augen, ein klebriger Kinderkuss. Du bist die Liebste, Tante Mine. Meine Allerliebste auf der ganzen Welt.

Irgendwann ist das feste, sonnenbraune Kind fort, langsam davongeweht, alles an ihm ist blasser geworden und dünner, so viel dünner. Du musst doch was essen, Kind, ruft sie ihm über die Treppe nach, doch sie hört ihn nur nörgeln, und dann ist er in sein Zimmer verschwunden, mit einem seiner Freunde, die haben sich auch verändert, allesamt. Also bringt sie den Kuchen nach oben, stellt ihn auf das Fensterbrett, lächelt, streicht dem Jungen über das Haar. Jäh fährt er herum, wehrt mit hartem Schlag ihren Arm! Jetzt hör doch endlich auf damit, verdammt!

*

Herr Hübner geht so geräuschlos, wie er gekommen ist, indem er die Tür mit Hilfe des Schlüssels von außen ins Schloss gleiten lässt. Jelisaweta beobachtet durch das Blumenfenster, wie er in den Golf steigt und davonfährt, fragt sich, ob er Angst hat vor der Tante oder ob die Alte ihm nur einfach lästig fällt.

Eine Weile betrachtet sie die grünen Geldscheine, die er ihr gebracht hat. Das ist gutes Papier, fest, sauber, wertvoll. Nicht so dünn und abgegriffen wie die Rubel, die wie trockenes Laub zwischen den Fingern knistern, dass man Angst haben muss, sie zu zerbröseln. Wenn die Tante schläft, wird Jelisaweta zum Postamt gehen. Sie weiß, dass Mama, sobald das Geld ankommt, wieder anrufen wird und tun, als sei nichts geschehen. Mit leisen Schritten steigt sie nach oben, um nach der Alten zu sehen. Welche Summe soll sie überhaupt nach Hause schicken?

Frau Hennemann schläft. Während Jelisaweta Jacke und Schuhe anzieht, bedauert sie zum ersten Mal, dass es zu regnen aufgehört hat.

Als sich Jelisaweta auf dem Postamt nach den Kosten für einen Geldbrief nach Russland erkundigt, nennt ihr der Mann am Schalter eine Summe, für die sie gut zweimal ins Kino gehen könnte. Sie dankt und geht davon. Verwundert über ihre Erleichterung – oder ist es Schadenfreude –, schreibt sie eine Postkarte. »Geld schicken ist zu teuer, bringe im Mai alles mit.« Mama wird eben noch eine Weile warten müssen. Als sie die Karte in den gelben Kasten steckt, wird ihr klar, dass Mama ihr ganzes Leben nichts anderes getan hat, als zu warten. Worauf eigentlich? Mama wird auch irgendwann verrückt werden, so wie Babka. Und erwarten, dass Jelisaweta genauso bei ihr ausharrt, wie sie es einst getan hat. Noch stehen mehr als zwei Monate wie ein dickes Polster zwischen ihnen, doch es wird dünner, jeden Tag ein winziges Stück.

Jelisaweta bleibt vor dem Drogeriemarkt stehen, zögert, geht schließlich hinein. Sie kommt sich kühn vor, ein bisschen ist es, als sei sie eine Maschine, in der ein neues Programm läuft. Durch die Regalreihen steuert sie bis zur Kosmetikabteilung und macht vor den Nagellacken halt. Greift nach einem schönen leuchtend-satten Rot. Wie Klatschmohn, denkt sie und geht zur Kasse, ohne auf den Preis zu schauen; es ist wie eine Mutprobe, und Jelisaweta ist erstaunt, wie leicht es geht. Sie reicht der Kassiererin einen Fünfziger, nimmt das Restgeld und spürt etwas, das sich wie Triumph anfühlt. Ein Sieg ohne Kampf. Mit leichtem Zittern im Herzen tritt sie den Rückweg an und überlegt, ob sie dieser Tage einmal in die Stadt fahren sollte.

Die Mülltonne vor dem Haus steht schräger als am Morgen, offenbar ist sie geleert worden. Als Jelisaweta zur Bestätigung daran rüttelt, taucht neben ihr die Briefträgerin auf und drückt ihr freundlich lächelnd zwei Briefe in die Hand.

»Darf ich Ihnen das gleich mitgeben? Dann muss ich nicht extra zum Haus laufen. Danke.«

Jelisaweta nickt, wirft einen Blick auf die Umschläge und rollt die Tonne zur Garage zurück.

*

Immer wieder ist an diesem Vormittag das hohle Gepolter der leeren Mülltonnen zu hören, die von der Straße geräumt werden. Jetzt ist ihre eigene an der Reihe, Wilhelmine kennt das Geräusch, das die Tonne verursacht, wenn sie über den Plattenweg gezogen wird. Also ist das Mädchen zurück, Wilhelmine wartet auf das Klacken der Haustür, auf das Rauschen der Wasserleitung, wenn sie ihr Teewasser aufsetzt. Gleich wird sie hochkommen, ihr wortlos einen Becher und Kekse aufs Tablett stellen und Wilhelmine wieder allein lassen. Und plötzlich muss Wilhelmine an Frau Schmidt denken, die sie im vergangenen Jahr noch im Bonifatiushaus besucht hat. Wann hat sie selbst zuletzt Besuch bekommen? Die Tochter von der Frau Rademacher ist da gewesen, im Advent, hat ihr Pralinen geschenkt und alles Gute gewünscht, sonst fällt ihr niemand ein. Sind ja längst alle tot. Sogar die Jüngeren, Lenchen Janson und die Frau Meckel, mit der sie früher immer zum Abonnementkonzert gegangen ist.

Als sich die Türe öffnet, klammert Wilhelmine ihren Blick an der Vorhangschiene fest und presst ihre Lippen aufeinander.

»Da, haben Sie Briefe gekriegt.« Die Russin legt etwas auf Wilhelmines Bettdecke ab. Verwundert schaut Wilhelmine auf, erst dann fällt ihr ein, dass sie keine Reaktion vorgesehen hatte, und will wegsehen, doch ihre Neugier überwiegt. Zwei Umschläge, ungeöffnet, mit Adressfenster und Stempel, Briefe wie diese hat sie nicht mehr in der Hand gehabt, seit Karin sich um alles kümmert. Nur die handgeschriebenen bringt sie herauf, aber das kommt doch so selten vor.

»Das sind meine!« Rasch greift sie danach. »Was hast du mit meiner Post zu schaffen?« Ob Karin dem Mädchen den Briefkastenschlüssel überlassen hat? Das darf Karin nicht! Wilhelmine muss sie anrufen. Unbedingt.

»Hab ich gar nichts zu schaffen, hat mir Postlerin gegeben.« Kopfschüttelnd klappt das Mädchen den Bettvorleger zusammen und trägt ihn zur Balkontür.

Frischer Wind fegt ins Zimmer. Wilhelmine tastet nach ihrer Lesebrille, versucht, einen Bügel als Brieföffner zu benutzen, doch sie bekommt ihn nicht hinein, stochert eine Weile herum, reißt schließlich eine Ecke des Umschlags ab und zerrt ihn dann ganz auseinander. Sie setzt die Brille auf und holt das Schreiben heraus. AOK steht darüber. Die Gesundheitskasse. Wilhelmine schnaubt, lässt den Brief sinken, das ist ihre Krankenkasse, über die sich Karin so hat ärgern müssen, keinen Pfennig wollen sie zahlen dafür, dass Wilhelmine hier liegt und versorgt werden muss. Sie faltet den Brief auseinander, liest etwas von Antrag auf Urlaubspflege und Pflegeperson, liest Zahlen und Daten und kann sich keinen Reim darauf machen. Sie lässt den Brief sinken, wenn nur Karin da wäre, es ist gut, dass Karin sich um alles kümmert, das kann Wilhelmine doch alles nicht mehr. Dann fällt ihr Blick auf das Wort. Wilhelmine hält inne, nimmt den Brief wieder auf, schaut genauer hin, ganz genau dieses Mal.

»Aber ich hab doch gar keine …« Ihr wird warm und kalt gleichzeitig, Gedanken drängen sich: die Rente, der Mann von der Kasse, Karin, das Mädchen, die Kontovollmacht … ach Gott! Es dauert, bis sie begreift.

Wilhelmine atmet tief, sie schließt die Augen, doch der Kopf gibt noch immer keine Ruhe. Als sie endlich die Brille zurechtrückt und zu Ende liest, ist ihr beinahe, als täte sie etwas Verbotenes.

Pflegestufe zwei. Sie zittert. Zwei! Seit beinahe einem Vierteljahr. Wilhelmine weiß Bescheid, damit kennt man sich aus, wenn man so alt ist wie sie. Pflegestufe zwei. Sie nickt. Über achthundert Mark bekommt man da, oder nein, jetzt ist es ja weniger, es gibt ja das neue Geld. Sie sieht Karin vor sich, und das Bett beginnt zu schwanken.

Das wird teuer, diese Pflege, hat Karin gesagt und ganz steif geguckt. Am besten, wir buchen die Rente runter von deinem Konto, Minchen, das ist das einfachste, dann brauchst du dich um nichts mehr zu kümmern, und hat ihr den Zettel von der Bank zum Unterschreiben gegeben. Was du brauchst, bekommst du ja von uns.

Die ganze Rente. Beinahe zweitausend Mark! Aber Minchen hat genickt, das ist ja alles so teuer geworden, heutzutage. Und die Rechnungen, was ist mit den Rechnungen? Wie soll ich denn das alles bezahlen?

Lass mal, Minchen, das machen wir schon, der Dieter erledigt das, du kannst doch sowieso nicht mehr zur Bank laufen.

Wilhelmine starrt den Brief an, sieht immer wieder

auf das Wort, Pflegestufe zwei, und ihr ist, als schwämme sie durch kaltes Wasser. Für Karin ist es bares Geld, für Wilhelmine wird jetzt erst die Bedeutung klar, jetzt, da es sie so plötzlich eingeholt hat. Pflegestufe. Das ist wie ein Etikett, das man nicht mehr wegbekommt. Es klebt an einem wie die vielen anderen, die man im Laufe seines Lebens sammelt. Ein Schulkind sein. Eine Frau werden. Verheiratet sein. Kinder haben, ja, das auch. Witwe sein. Es ist jedes Mal, als käme man in eine neue Klasse, mit dem Unterschied, dass man sich auf die Etiketten zu Beginn des Lebens freut, während diejenigen, die einen am Schluss erwarten, nur schmerzhafte Brandmale sind. Die letzten Stufen auf dem Weg unter die Erde. Zwei. Das ist verdammt nah dran. Und wie seit langem nicht mehr fängt sie an zu rechnen, zaghaft, als seien die Gedanken aus Glas. Einundsiebzig wäre sie geworden, im letzten Herbst. Einundsiebzig, Gott im Himmel, da sind viele auch längst nicht mehr.

Es klirrt im Badezimmer, und Wilhelmine schrickt zusammen. Das muss das Zahnputzglas gewesen sein, die Russin hat es runtergeworfen. Die Russin. Wilhelmine hält noch immer den Brief in der Hand. Der Brief. Das Geld. Mit einem Mal herrscht Aufruhr in ihrem Kopf, ihr wird schwindlig, einem solchen Durcheinander ist sie nicht mehr gewachsen.

»Komm her!«

Das Mädchen erscheint in der Badezimmertüre, ihr Blick weicht aus. »Entschuldigung, ich …«

»Wie viel zahlt Karin dir?«

»Wie bitte?«

»Karin. Wie viel Geld bekommst du von ihr?«

Die Russin sieht sie an, zögert, ein bisschen zu lange, das merkt Wilhelmine genau.

»Sechshundert für ein Monat.« Trotz klingt durch ihre Stimme.

»Warum lügst du?«

»Lüge ich nicht, sechshundert. Aber noch hundert extra, weil du immer böse bist!«

Wilhelmine gibt keine Antwort. Sie nimmt den Brief und faltet ihn zusammen, einmal, zweimal, dreimal, bis es nicht mehr geht, birgt ihn in ihren hohlen Händen, das letzte Stück Welt, das sie noch zu fassen bekommt. Irgendwann hört sie die Russin mit dem Putzeimer treppab laufen, später dröhnt der Fernseher, ihr Fernseher, und das rhythmische Gewummer nimmt ihr die Luft. Wie ein Kapitän bleibt sie liegen, auf ihrem Schiff; die Kajüte haben sie noch verschont, aber der Kahn reist längst unter fremder Flagge.

Sie kommt noch einmal wieder, die Russin, kniet sich vor Wilhelmines Nachttisch und wühlt darin herum.

»Was suchst du da? Nein!« Wilhelmine kann keine Rücksicht mehr nehmen, ungebremst schlägt sie nach dem Russenweib. »Lass das!« Wilhelmine versucht, das Schranktürchen zuzudrücken, aber das Mädchen wehrt ihre Hand spielend ab; hilflos muss Wilhelmine zusehen, wie sie den Schuhkarton mit den Medikamenten herauszieht und unter den Arm klemmt.

»Gib das wieder her. Das gehört mir, das brauche ich.« Wilhelmine streckt die Hand nach dem Karton aus, doch sie erreicht nur die Schulter des Mädchens und bekommt eine Haarsträhne zu fassen. Die aber packt sie, klammert sich an diese letzte Stelle, die ihr zu verwunden bleibt, und reißt, spürt den Widerstand, bündelt alle Kraft, hört den schrillen Schrei, den kollernden Fluch, dann sinkt sie zurück, erschöpft, und die Russin ist außer Reichweite. Da ist etwas, das sie zum Beben bringt, etwas, das in ihr aufsteigt, und Wilhelmine ahnt, dass es Scham ist, Scham sein muss, sie presst die Lippen zusammen und starrt geradeaus.

»Nu pogodi! Spinnst du wohl! Ich brauche Aspirin, habe Kopfschmerzen von deine Geschrei und kriege noch mehr jetzt!«

Ehe Wilhelmine etwas entgegnen kann, ist die Russin zur Tür hinaus. Wilhelmine spreizt die Hände, spürt die Haare, die sich dazwischenspinnen. Wie hauchfeine Klingen schneiden sie in ihre Haut, dunkle Schokoladenhaare, und sie reibt sie zwischen ihren Fingern.

*

Jelisaweta stampft ihre Schritte in die Treppe, als könne sie ihre Wut damit loswerden, doch als sie in die Küche kommt, schlägt ihr Herz noch immer diesen lauten Takt. Sie schiebt den Medikamentenkarton auf den Küchentisch. Beim Anblick der Weinflasche, aus der sie gestern wieder getrunken hat, wird ihr etwas übel. Es waren nur anderthalb Gläser, doch sie spürt Kopfschmerzen, leicht, aber lästig, wühlt zwischen den Schachteln, findet Aspirin und ein kleines rotes Mäppchen, ein Nageletui. Erleichtert dreht sie den Wasserhahn auf, eine winzige Freude macht sich breit. Ihre Nagelfeile hat sie in Smolensk vergessen. Sie wird sich die Fußnägel feilen und lackieren, knallrote glänzende Zehen wird sie sich machen, wie die in den Modezeitschriften, auch wenn sie das Ergebnis in ihren dicken Stiefeln wird verstecken müssen. Zu Hause hätte sie es erst recht niemandem zeigen können, Mama ist strikt gegen Nagellack, sogar gegen farblosen.

Jelisaweta schluckt die Tablette, trinkt Wasser nach und geht ins Wohnzimmer hinüber. Mit einem Handtuch, dem roten Mäppchen und dem Nagellack lässt sie sich auf dem Sofa nieder. Nachdem sie ihre Strümpfe ausgezogen und sich Küchenkrepp zwischen die Zehen gestopft hat, klappt sie das Etui auf. Es sind keine Nagelfeilen darin, sondern Bilder einer Frau mit kleinen Kindern an der Hand, Schwarzweißfotos in Plastikhüllen, immer zwei in einer Hülle, mit dem Rücken gegeneinander, zum Umblättern wie ein kleines Buch. Die Frau trägt ein gemustertes Sommerkleid, das Haar kurz oder nach hinten gebunden. Ist das Wilhelmine Hennemann, die einen Buben in kurzen Hosen und ein kleines Mädchen in einem karierten Kittel an der Hand führt? Jelisaweta blättert um, die Frau sitzt auf einem Mäuerchen, die beiden Kinder im Arm, das Mädchen verbirgt sein Gesicht an ihrem Hals. Etwas kriecht durch Lisas Brustkorb, füllt ihr Inneres aus, klamm wie Herbstnebel. Wieder das Mädchen, dieses Mal lachend, auf dem Schoß der Frau, die es zärtlich umarmt. Die Frau allein, mit schüchternem Ausdruck, als habe sie Scheu vor der Kamera. An einer Kette um ihren Hals hängt jenes Kreuz, das Jelisaweta unlängst zwischen den Puddingpäckchen versenkt hat. Wilhelmine Hennemann. Jelisaweta betrachtet sie lange, taucht ein in dieses Gesicht, das Gesicht einer Frau von vielleicht vierzig Jahren, das ihr dennoch jung erscheint, jung und so voll von Liebe für ihre beiden Kinder. Jelisaweta friert, der Nebel ist überall. Das letzte Bild hat kein Gegenstück, stattdessen sieht man die Rückseite der Fotografie. *Dieter und Monika, 1954.*

Die Küchenklingel schrillt, Jelisaweta springt auf, um nicht zu spät nach oben zu kommen, sie ist jetzt sicher, dass die Alte nicht mehr rechtzeitig merkt, wann es Zeit für den Toilettenstuhl ist. Mit dem Papier zwischen den Zehen läuft sie nach oben, muss die Füße dabei ganz steif auf jede Stufe setzen, um es nicht zu verlieren. Wortlos betritt sie das Schlafzimmer und hebt den alten Körper aus dem Bett, der sich anfühlt wie ein Leinenbeutel, locker gefüllt mit dünnen Bauklötzchen, doch diesmal ist ihr, als trüge sie eine andere, eine junge Frau.

Als sie wieder hinunterkommt, wird gerade die Tür aufgeschlossen, Frau Hübner tritt mit einem Mann in blauem Overall ein, der eine Werkzeugtasche trägt. Sie nickt Jelisaweta kurz zu und führt den Mann ins Wohnzimmer.

»Hier«, sagt sie und weist auf den Fernseher.

Der Blaumann lugt hinter das Gerät. »Und wo soll er hin?«

»Genau oben drüber. Strom ist dort.«

»Kabelanschluss auch?«

Frau Hübner schüttelt den Kopf. »Nein, der ist nur hier.«

Jelisaweta steht starr im Türrahmen, den Küchenkrepp noch immer zwischen den nackten Zehen. Sie friert. Erst nach einer Weile fällt ihr das Fotoalbum ein, sie huscht zum Sofa und deckt es mit dem Handtuch ab.

Der Blaumann hebt die Schultern. »Auch kein Problem, brauch ich nur einen Schlitz zu kloppen und einmal hochzubohren.«

»Um Gottes willen, bloß nicht so einen Aufwand, das dauert ja nicht mehr ewig ...« Karin Hübner zeigt erst zur Decke, dann auf den Schacht der Luftheizung. »Kann man da nicht was machen? Der führt doch in das Zimmer ...«

Neugierig hält der Mann die Hände über das Schachtgitter. »Wow, hätt nicht gedacht, dass einer noch so 'ne Heizung hat.« Er wiegt den Kopf. »Na ja, wenn es nicht zu heiß wird – klar, geht schon.«

»Da wird schon lange nicht mehr mit geheizt, da laufen nur die Heizungsrohre durch.«

»Ach so.« Er lacht. »Dann isses kein Problem, langes Kabel hab ich dabei.«

»Gut, dann erledigen Sie das bitte, und tragen Sie das Gerät gleich nach oben.«

Fassungslos starrt Jelisaweta auf den Mann, der den Fernseher vom Tisch hebt und sich an der Steckdose zu schaffen macht. Sie will irgendetwas sagen, ihn hindern; stattdessen steht sie nur stumm und spürt, wie die Vorstellung, von nun an jeden Abend in die leere Zimmerecke schauen zu müssen, ihre Brust immer kleiner werden lässt.

»Und Sie machen ein bisschen sauber, wenn er so weit ist, Lisa. Haben Sie die Wäsche fertig?«

Kein MTV mehr, keine Arztserien, keine Nachrichten, keinen Spätfilm, nichts mehr. Jelisawetas Atem wird zäh, sie nickt nur in Frau Hübners Richtung, deutet auf den Wäschekorb hinter der Esszimmertür. Als Karin Hübner schon den Türknauf in der Hand hat, kehrt Lisas

Sprache zurück. »Haben Sie noch einen anderen? Fernseher?«

Frau Hübner runzelt die Stirn, als dächte sie nach. »Nein«, antwortet sie. »Warum?«

Jelisaweta hebt nur die Schultern, auch wenn ein Kopfschütteln ihr jetzt leichter fiele. »Ich möchte auch gerne fernsehen.«

»Sie können doch nach oben gehen. Das ist sowieso besser, damit das Tantchen nicht so allein ist. Ist sonst noch was?«

Jelisaweta will verneinen, doch dann fällt es ihr wieder ein. »Wer ist Monika?«

»Monika? Meine Schwägerin, die Schwester meines Mannes. Wieso?«

»Ah, so nur, dachte ich, ist vielleicht Tochter von Frau Hennemann.«

»Tante Minchen hat keine Kinder. Auf Wiedersehen.«

Jelisaweta tappt ins Wohnzimmer zurück. Während sie sich die letzten Papierfetzen, die noch nicht abgefallen sind, von den Füßen reißt, beobachtet sie den Mann, der das Messinggitter vom Heizungsschacht abschraubt. Schnee liegt auf ihrer Seele. Und Angst. Pappige, tonlose Angst.

Vom Mittagessen an läuft oben im Schlafzimmer der Fernseher, man kann es durch den Heizungsschacht hören, obwohl die Alte den Ton kaum aufgedreht hat. Triumph hat in ihrem Blick gelegen, als Jelisaweta ihr das Essen gebracht und wieder abgeräumt hat. Dicker, hämischer Triumph; ohne auch nur das Gesicht zu verziehen, hat sie Schadenfreude gleichsam ausgestrahlt wie eine Temperatur.

Sobald es draußen dunkelt, wappnet sich Jelisaweta wieder mit Nagellack, Briefpapier und den bereits gelesenen Büchern. Doch der Raum, den sie bisher in den Abendstunden fast gemocht hat, bedroht sie nun mit seiner Stille, in der die Zeit sich festfrisst, unbarmherzig und zäh. Ein dickes weißes Kabel läuft über den Boden, den Durchgang zum Esszimmer entlang und verschwindet im Heizungsgitter. Um nicht zu stolpern, hat Jelisaweta den Teppich darübergelegt, den Frau Hübner Brücke nennt, jetzt ergibt sein Name Sinn. Sie würde gerne Mascha anrufen, hat das Telefon aber bei der Alten vergessen. Auf dem Tisch liegt das rote Fotoalbum, zornig wirft Jelisaweta es gegen den Schrank, blickt eine Weile darauf, wie es am Boden liegt, und hebt es schließlich auf.

Wie viele Fotos mag es von ihr selbst geben, von Jelisaweta als Kind? Es sind wenige, ein paar aus dem detski sad, dem Kindergarten, bei Feierlichkeiten aufgenommen. Wenige nur, die Mama gemacht haben muss, als Jelisaweta klein war; ihr fällt keines ein, das sie beide gemeinsam zeigt. Erst recht nicht so. So liebevoll und vertraut.

Die schönsten sind noch die mit Mascha, in der Sandkiste, später dann auf dem Balkon bei Maschas Eltern, Maschas Vater hat sie zum Lachen gebracht mit seinen Späßen, die sie geliebt haben, solange sie klein waren; es gab Saft und Kuchen, von Maschas Mutter gebacken. Mama hat nie Kuchen gebacken, kein einziges Mal …

Sie geht mit Mama die uliza Dostojewskowo entlang, die Straßenlampen beleuchten den Nieselregen, der sich wie Sommermückenschwärme unter den Laternen ballt. Ihre Regenjacke ist nicht zugeknöpft und der Pullover klamm. Einen Moment hält sie inne, greift nach den Knöpfchen, aber es ist sinnlos, sie kann sie nicht schließen, das schaffen nur Große. Fragend sieht sie hinter Mama her.

»Herrgott, Jelisaweta, jetzt komm endlich, es regnet!«

Jelisaweta schluckt und stolpert hinter Mama drein, bis sie wieder neben ihr geht. Zaghaft hebt sie ihre Hand und greift nach Mamas Fingern, will hineinschlüpfen in den großen, warmen Griff. Doch nur für einen Augenblick kann Jelisaweta sich an Mamas Fingern festklammern, dann verschwindet die Hand in Mamas Manteltasche. Der Wind drückt die nassen Mückenschwärme gegen Jelisawetas Gesicht.

Jelisaweta leert ihre Teetasse. Die schwankenden Tannen vor dem Haus lassen hie und da den Schein der Straßenlaterne in das tote Zimmer geistern. Irgendwo im Schacht klopft die Heizung. Bevor sie zu Bett geht, reißt Jelisaweta das weiße Kabel aus der Dose.

*

Als Wilhelmine aufwacht, ist ihr, als hielte jemand der seit Tagen auf ihr lastenden Bangigkeit den Mund zu. Vorsichtig dreht sie sich zur Seite, es ist schon beinahe hell, mit unbeugsamer Beharrlichkeit schiebt sich das Licht morgens immer zeitiger in den Raum, mit der stürmischen Kraft des jugendlichen Jahres, es wird über Wilhelmine hinwegbranden, ohne zu fragen, ob sie bei dieser neuen Runde dabei sein will.

Der Wecker zeigt nach sieben. Als Wilhelmine nach der Klingel tastet, spürt sie etwas Festes in der Bettritze klemmen, noppiges Plastik, das ist die Fernbedienung, und das Telefon liegt gleich daneben. Vorsichtig stützt sie den Ellbogen auf. Ja, der Fernsehapparat steht da, erleichtert erinnert sie sich an den gestrigen Abend, einen Kriminalfilm hat es gegeben, mit einer Frau als Detektivin, das hat Wilhelmine gefallen, auch wenn ihr bis zum Schluss nicht klargeworden ist, was der Spitzbub in der Geschichte eigentlich angestellt hatte. Der Fernseher. Tiefe Ruhe überkommt sie. Ihr Blick verharrt für einen Moment an der dunklen Glasscheibe, endlich gibt es eine Tür nach draußen, und die Welt dringt in ihr Zimmer, ohne dass Wilhelmine darum bitten müsste. Schon sehnt sie sich nach dem Abend und den neuen Geschichten, die sie sehen wird, ein Lichtblick, im eigentlichen Sinn des Wortes. Dann fällt ihr ein, dass es heutzutage bereits am frühen Morgen Fernsehsendungen gibt, sie hat doch selbst schon welche gesehen. Seltsam, wie sie das vergessen konnte; Wilhelmine schüttelt sich, als ließe sich damit das Durcheinander der Epochen in eine Reihenfolge bringen, und wieder schwebt sie über der Zeit; wie Bauklötze liegen Lebensabschnitte unter ihr verstreut, sie kann sie aufheben und betrachten, sie in die richtige Ordnung zu bringen gelingt ihr längst nicht mehr. Einige glänzen wie lackiert, so dass man darüberstreichen möchte. Andere haben Kratzer und Dellen, als hätten Generationen von Kindern damit gespielt, Lebensspuren nennt Wilhelmine das. Nur wenn man genau hinschaut, kann man die sehen, die unter all dem Bunten verborgen liegen, grau und schwer. Wilhelmine ist, als starrten sie

sie aus der Tiefe an. Die Fernbedienung, rasch, sie muss den Apparat einschalten!

Mit unsicherer Hand tastet sie über die Matratze, bis sie an das kleine schwarze Ding stößt, nimmt es und sucht den roten Knopf, dann eine Zahl, irgendeine, sie wird schon einen Sender finden, auf dem jemand wach ist. Mit Nachdruck presst sie Knopf um Knopf, immer wieder, sie mag ihrem Griff nicht trauen. Doch überall nur Schneegestöber, manchmal mit Wind, meistens ohne. Rasch greift sie nach der Klingel, zögert. Nein, nicht die Russin, die wird ihr nicht helfen, das weiß Wilhelmine genau und will Karins Nummer wählen, dann fällt ihr der Brief ein, und sie lässt die Hand sinken. Verrat. Wie soll sie je wieder mit Karin sprechen, jetzt, wo sie im Bilde ist? Sie starrt auf das Telefon in ihrer Hand, sieht zum Fernseher. Obwohl ihre Brust sich zusammenzieht, drückt sie schließlich die Zahlen in den Hörer hinein.

Ein Gruß steht dieser Verräterin nicht zu. »Gib mir den Dieter!«

»Was ist denn los, Minchen?« Karins Stimme ist ein erhobener Knüppel.

»Den Dieter!«

»Der ist weg bis morgen, was willst du denn so Wichtiges von ihm?«

Wilhelmine schweigt. Sieht den Fernseher, spürt die enge Brust. »Der Fernseher«, bringt sie schließlich hervor. »Der ist kaputt.«

Karin stöhnt. »Das kann nicht sein, Minchen, der Techniker hat gestern alles überprüft. Du wirst irgendwo falsch gedrückt haben.«

»Aber gestern ging er. Und jetzt rauscht es nur.«

»Mein Gott, da kann ich auch nichts machen, dann musst du eben bis morgen warten. Jetzt hast du wochenlang keinen Fernseher gehabt, da wird es auch noch einen Tag ohne gehen.«

»Nein!« Wilhelmines Augen werden Schlitze. Sie ist es, die den Knüppel hält. »Dann soll der Fernsehmann noch mal kommen.«

»Du spinnst wohl, Minchen, weißt du, was das kostet, wenn der jedes Mal anrollt, nur weil du den falschen Knopf gedrückt hast?«

»Das kümmert mich nicht, was es kostet, ich möchte, dass er repariert wird.«

»Na, du musst es ja auch nicht bezahlen!«

»Du auch nicht, nimmst ja das Geld von der Krankenkasse!«

Wilhelmine atmet aus, das Gespräch gehört ihr. »Der Mann soll kommen, gleich.«

»Ach, jetzt mach nicht so ein Tamtam, wir kriegen das Ding schon wieder in Gang, Tante Minchen.« Karin legt schneller auf, als Wilhelmine sich verabschieden kann.

Wilhelmine sinkt in sich zusammen. Mit schweißnassen Händen knetet sie den Bettbezug.

Noch vor dem Mittagessen klingelt es, der junge Mann, der gestern den Apparat gebracht hat, schaut zur Türe herein. Er lacht sie an. Es ist ein schönes Lachen.

»So, jetzt müsste er wieder gehen.« Er kniet sich vor den Fernseher und drückt daran herum, eine blonde Frau erscheint auf dem Bildschirm. Er nickt, schaltet den Apparat wieder aus. »Alles o.k., Frau Hennemann, da war nur das Kabel draußen.«

Noch ehe Wilhelmine ihm danken kann, ist er verschwunden, sie hört nur das Brummen eines Autos, es wird leiser, schließlich still. Das Kabel. Welches Kabel? Dann fällt ihr das weiße Ding mit dem schmalen Stecker ein. Einmal ist Wilhelmine mit dem Staubsauger daran hängengeblieben und hat es herausgerissen, da hat es genauso auf dem Bildschirm geschneit. Erleichtert nimmt sie die Fernbedienung und drückt auf die Eins, wieder die blonde Frau, sie stellt einem jungen Mann Fragen. Wilhelmine schaltet weiter, der Ton wird leiser, das muss der falsche Knopf gewesen sein, unsicher drückt sie den nächsten, es wird lauter, sehr laut, endlich hat sie ein anderes Programm gefunden. Zwei Männer in einem Auto, es hat den Anschein, als seien sie jemandem auf den Fersen.

Wilhelmine muss sich anstrengen, um alles mitzubekommen, sie merkt kaum, dass die Russin kommt, ihr das Kissen in den Rücken packt und das Tischchen über den Schoß stellt. Beinahe vergnügt bricht sie ein Stück Brot ab, taucht es in die Suppe und schiebt es sich in den Mund. Jäh reißt das Bild auseinander, und schwarzweißer Schnee macht sich breit. Sie schreckt auf, sieht sich um, die Russin ist gegangen. Das Kabel. Mit einem Schlag wird ihr klar, dass es nur die Russin sein kann, und wieder spürt sie die Ohnmacht, dahinter nichts als blanken Zorn. Sofort ballt Wilhelmine die Faust um die Klingel und hält den Knopf gedrückt. Dieses Drecksstück, Wilhelmine hört sie die Treppe heraufstampfen, ohne Pause presst sie ihren Daumen auf den Klingelknopf.

Als die Tür aufgeht, packt Wilhelmine, ohne zu überlegen, den Silberlöffel und schleudert ihn. Die Russin schreit auf, offenbar mehr Schreck als Schmerz, ihr unverständlicher Fluch erreicht Wilhelmine wie ein Wurfgeschoß.

»Drecksweib! Mach den Stecker wieder rein.«

»Was? Weiß ich nicht, was du redest.« Sie bückt sich nach dem Löffel, da greift Wilhelmine nach der Suppenschale und wirft sie hinterher. Brühe schwappt auf die Bettdecke, die Schale poltert zu Boden, Karotten- und Kohlstücke verschwinden im Muster des Perserteppichs.

Die Russin steht nur da und starrt Wilhelmine an, für einen endlosen Augenblick treffen sich ihre Blicke wie Speerspitzen.

»Alte Hexe!« Das russische Gesicht wird noch runder, sie gibt der Suppenschale einen Tritt, mit vom Teppich gedämpftem Klang schlägt das Porzellan einen Salto. Schon ist das Weib bei ihr, packt das Tablett und reißt es ihr vom Schoß. »Du kriegst kein Essen mehr heute.«

Wilhelmine hört sie die Treppe hinabpoltern. Eine wunde Genugtuung macht sich in ihrem Inneren breit. Auf dem Teppich liegt noch immer die Schale, der Fleck auf ihrer Bettdecke ist kalt geworden. Wieder tastet sie nach der Klingel, und wieder hält sie den Finger darauf, bis die Tür aufgestoßen wird.

»Mach das sauber, Russin!«

»Poschla ty na chui.«

Sie hat den blauen Putzeimer mitgebracht und stapft ins Bad, lässt Wasser laufen. Dann kommt sie zurück, kniet sich auf den Teppich und sammelt Gemüsestückchen auf, reibt mit dem Scheuerlappen über die dunklen Brüheflecke.

Wilhelmine atmet tief. Ihr Kopf sinkt auf das Kissen zurück, und aus den Augenwinkeln betrachtet sie das Russenweib. Sie kann förmlich den feuchten Flor des Teppichs fühlen, das Putzwasser brennt in den schrundigen Hautrissen auf ihren Fingerknöcheln. Wieder und wieder taucht Wilhelmine den Putzlappen ein, wringt ihn und scheuert über den Teppich. Obwohl der Frühlingswind durch die glaslosen Fenster weht, hängt der Geruch nach Männerpisse in der Luft, es würgt Wilhelmine in der Kehle. Sie hat doch extra den Eimer vor die Türe gestellt. Wenn sie schon die Toilette nicht benutzen ... Tiere sind das! Wilhelmine wringt und schrubbt, entdeckt wieder ein Brandloch, wo einer seine Zigarette ausgetreten hat.

»So ein Schweinerei!«

Wilhelmine schrickt auf. Schnaubend verschwindet die Russin im Badezimmer, man kann hören, wie sie den Toilettendeckel aufklappt und den Putzeimer in die Kloschüssel leert.

Der Fernseher! Sie muss ihr den Fernseher wieder in Ordnung bringen.

»Mach das Kabel wieder rein, Russin. Ich will fernsehen.« Unter der Bettdecke knüllt Wilhelmine den Stoff ihres Nachthemdes zusammen. »Sonst rufe ich Karin an.«

Das Mädchen kommt, presst die Lippen zusammen und starrt Wilhelmine sekundenlang an. Völlig unvermittelt lässt sie den Eimer fallen und geht zum Schrank. Bückt sich. Nimmt die Schatulle. Greift hinein, und dieses Mal holt sie es heraus, das Säckchen, das gelbe Säckchen, das ganz unten liegt, dreht es um, und die kleine Silberkette gleitet heraus.

Wilhelmine starrt auf den Anhänger, der an der Russenhand hin- und herschwingt, und der Anblick nimmt ihr endgültig die Luft. »Nein!« Sie packt sich an den Hals, doch da ist nichts als bloße, faltige Haut, nur ihr Herz kann sie fühlen, die Schläge schmerzen unter ihren Fingern. »Nicht anfassen!« Kaum mehr als ein Japsen. »Nicht das!«

Wilhelmine hört nicht, was die Russin murmelt, liegt starr, nur das Hämmern ihres Herzens schüttelt sie in einem gnadenlosen Takt.

*

Das irre Wimmern der Alten ist verstummt, Jelisawetas Beklemmung will dennoch nicht weichen. Leiser, als sie es vorgehabt hat, steigt sie die Treppe hinunter. Wie nach einem Kinderspiel, das man zu weit getrieben hat, ist der ganze Zorn verschwunden. Gegen den Küchentisch gelehnt, fingert sie nach dem kurzen Silberkettchen in ihrer Jeans, zieht es heraus und betrachtet den schwarz verfärbten Anhänger. Es ist keines von diesen kitschigen Täubchen, die Hochzeitstorten zieren und Liebesgrußkarten schmücken, sondern ein schlankes, elegantes Tier mit weit ausgebreiteten Flügeln. Mit dem violetten Tuch, mit dem sie das Silberbesteck poliert hat, reibt sie den kleinen Vogel, bis er zu glänzen beginnt, nur in den feinen Ziselierungen bleiben schwarze Schatten zurück und lassen den schmalen Ring um den Taubenhals erkennen. Auch in die Flügel sind zarte Federn graviert. Wer mag der Alten das geschenkt haben? Der mausetote Ehemann, dessen Initialen noch immer in das Messingschild an der

Haustür graviert sind? Oder eine verflossene Liebschaft? Jelisaweta tritt vor den Garderobenspiegel in der Diele und legt sich die Kette an. Sie reicht kaum um ihren Hals. Das ist die Kette eines Kindes, denkt Jelisaweta und lässt sie langsam durch ihre Finger gleiten.

Tante Minchen hat keine Kinder.

Etwas Unbestimmbares schnürt ihr den Hals ein, als läge das zu kurze Kettchen noch immer darum. Sie dreht die Taube zwischen ihren Fingern. Das ist nichts, sagt sie sich, nichts weiter als ein kleiner Anhänger, vielleicht noch aus der Kinderzeit der Alten selbst. Sie schlägt ihn in ein Stück Küchenpapier ein und verbirgt ihn in der Puddingdose. Noch bevor das Kaffeewasser kocht, nimmt sie ihn wieder heraus, trägt ihn ins Wohnzimmer und legt ihn in die herzförmige kleine Silberdose, die hinten im Wohnzimmerschrank steht.

*

Wilhelmines Hand fährt mit hektischen Bewegungen die Bettritze entlang, greift nach der Kante der Matratze, doch die gibt keinen Halt. Das Wasser steigt. Die Bilder branden über sie hinweg, sie folgen keiner Ordnung mehr, reißen in wildem Tumult die Barrikaden mit sich. Die Taube. Die darf niemand berühren, und Wilhelmine ist, als hätte sie selbst sich die Finger daran verbrannt.

Die Taube. Die gehört nicht in diese Welt, die hat er ihr geschenkt, damals, zwei Tage bevor er loszog. Die Zuversicht stand ihm wie Tünche im Gesicht, als er ihr die Kette umgelegt hat. Ich hab doch noch gar nicht Geburtstag, hat sie gesagt, und ihre Augen haben so dunkel geglänzt wie ihr Haar. Weiß ich doch, hat er gesagt, aber wir tun man eben so. Er muss ihr zugezwinkert haben, denn sie haben gleich losgeprustet, alle beide, wie auf Befehl. Wilhelmine hat danebengestanden und nicht darüber lachen können, er hat doch den Bescheid schon in der Tasche gehabt. Aber so sind sie gewesen, die beiden, konnten über jeden Blödsinn lachen, mitten in der ärgsten Not. Manchmal haben sie getan, als wäre noch jemand im Raum. Wenn Wilhelmine beim Essen über einen Soßenfleck geschimpft hat, haben sie nur noch mit dem Herrn Doktor Soßenfleck geredet und ihm sogar einen Teller hingestellt. Darüber haben sie so gelacht, dass Wilhelmine irgendwann mitlachen musste, wenn es auch nicht wirklich ihr Lachen war, es gehörte ihnen beiden, das hielt sie zusammen. Zwei Tage später war er fort. Wilhelmine zerrt am Bettlaken, ohne die Augen zu öffnen, reißt den Saum unter der Matratze hervor.

Das Bett. Bläulich blinkt das Silber im Mondschein, Wilhelmine ist kalt, die Kälte packt ihren Körper, als hätte man ihr die Decke weggezogen. Die Fenster! Das sind die kaputten Fensterscheiben, da bläst die Nachtluft herein. Zumachen! Jemand muss sie zumachen, aber es kommt niemand. Das Kind wird erfrieren, wenn sie doch nur eine Decke hätte, sie streicht ihr übers Haar, rollt sich zur Seite, wo die Kleine jetzt statt seiner liegt, rollt sich auf den schmalen Leib, wird das Kind mit ihrem Körper wärmen.

Als sie erwacht, ist es dunkel, sie tastet nach ihrer Hand. Das Laken ist kalt und glatt. Und mit längst vergessener Kraft bahnt sich das Leid seinen Weg, bricht aus

Wilhelmine heraus, schüttelt ihre Brust, krümmt ihren Leib, endlich und bar jeder Zügelung.

*

Immer wieder ist ihr, als riefe die Alte, doch wenn Jelisaweta an der Treppe horcht, vernimmt sie nur das unheimliche Gestammel, angstvoll und schrill. Es liegt etwas so Wirres, Wirklichkeitsfernes darin, dass Jelisaweta Schauer über den Rücken laufen. Mit Überwindung schafft sie es nach oben, stellt das Abendbrot ab, hat sogar ein paar Kekse dazugelegt, doch die Alte liegt nur matt in den Kissen und rührt nichts an. Ihre Augen sind glasig und rot, als habe sie geweint. Sie sträubt sich, auf den Stuhl gesetzt zu werden, und Jelisaweta ist erstaunt, wie schwer die zierliche Neunzigjährige auf einmal sein kann.

In der Nacht wird Jelisaweta mehrmals geweckt, markige Schreie aus höchster Not, sie springt auf, findet die Alte quer im Bett, in den Händen den Zipfel der Bettdecke, die auf den Boden herabhängt. Behutsam dreht Jelisaweta den morschen Körper, deckt ihn zu und wartet eine Weile. Kaum ist sie eingeschlafen, weckt die Alte sie von neuem, doch dieses Mal zieht sich Jelisaweta die Decke über die Ohren und versucht, das Geschrei zu ignorieren, bis es irgendwann in ihre eigenen Träume übergeht …

Die Schreie zerreißen die Nacht. Jelisaweta wagt nicht, sich zu bewegen. Ihr Bett ist eine Insel. Ringsherum dunkles Meer, ein gefährliches Terrain, unsicher und unheilvoll. Durch einen strichdünnen Spalt zwischen den Vorhängen quetscht sich Laternenlicht ins Zimmer; man kann die Konturen der Möbel sehen, die Umrisse der Bilder an der Wand, doch das sind keine Stühle mehr und kein Schrank, sondern die Bewohner einer unheimlichen Welt in Schwarzweiß. Jelisaweta weiß, dass es eine lebendige Welt ist. Sie weiß das, obwohl sich nichts bewegt. Nicht, solange man hinsieht. Das Zimmer, die dunkle Wohnung, alles ringsumher wird zu einem finsteren Wesen, das immer näher rückt, sich wie ein Ring um Jelisaweta zusammenzieht und sie zu verschlingen sucht. Mamas Atem ist nicht zu hören, nur die unheimlichen Laute, unvermittelte kurze Rufe, die Jelisaweta nicht verstehen kann. Mamas Bett ist noch immer kalt und leer.

Dann hört Babka auf zu schreien, und nun beginnt auch die Stille sich wie zäher Leim in der Wohnung auszubreiten. Jelisaweta kann fühlen, wie sie durch die Tür quillt, ein hohes Summen, das durch alle Ritzen, in alle Räume dringt. Es wird nicht lange dauern, bis die Stille Jelisawetas Bett erreichen und sich erbarmungslos über sie hermachen wird. Nur unter die Bettdecke kann sie nicht, die hat Jelisaweta wie eine Mütze über sich geschlungen, lediglich das Gesicht schaut heraus. Zitternd achtet sie darauf, dass die Höhle an keiner Stelle offen bleibt. So verharrt sie.

Manchmal hat der Schlaf ein Erbarmen mit ihr, meist aber bleibt ihr nichts übrig, als zu warten, bis Mama den Schlüssel umdreht und die Wohnung unvermittelt wieder ins Leben holt. Nur selten stellt Jelisaweta sich schlafend, denn Mama soll sich auf die Bettkante setzen, damit Jelisaweta ihre Arme um ihren Hals legen kann. Mama riecht dann ganz laut nach Zigarettenatem, totem Parfüm und etwas Erwachsenem. Ein Geruch der Erleichterung, der Jelisaweta endlich schlafen lässt.

Aber heute nicht, heute muss Mama wieder ins Badezimmer, Babka will das so. Jelisaweta hört das Wasser in der Wand rauschen, und Babkas Stimme klingt in Fetzen herüber, erst unverständlich, bald immer deutlicher. Vorsichtig tappt sie zur Tür, öffnet den Spalt so weit, dass sie in den Korridor schlüpfen kann. Aus dem Bad fällt ein Lichtstreif auf den Flurboden.

»Hör doch auf, bitte.« Mamas Stimme ist schrill, Jelisaweta kämpft mit dem Weinen, wenn Mama so jammert. »Lass mich los, ich bin müde, ich will schlafen.«

»Ab, rein mit dir! Rasch, zieh dich aus.«

Babka redet wieder so schnell. Vielleicht, denkt Jelisaweta manchmal, hat Babka sich nur verkleidet und ist in Wirklichkeit eine Hexe. Jelisaweta hat Mama danach gefragt, aber die hat sie ausgeschimpft und ihr verboten, je wieder so etwas zu sagen.

Mama hat Angst vor Babka. Mama wimmert. Babka will, dass Mama sich in die heiße Badewanne setzt, das will sie immer, wenn Mama spät nach Hause kommt. Deswegen kommt Mama auch jedes Mal ganz leise, und Jelisaweta darf nicht nach ihr rufen, damit Babka nicht wach wird.

Jelisaweta wagt nicht, näher an die Badezimmertür heranzutreten, sie zittert, und die Wohnung fühlt sich nur wenig besser an als vorher, bevor Mama gekommen ist.

»Das muss weg, das muss weg!« Babka sagt es wieder und wieder.

»Bitte, ich hab doch nichts getan!«

»Ach, was weißt denn du, das muss jetzt sein. Ich weiß das.«

Wenn Babka so komisch redet, bekommt Jelisaweta noch mehr Angst. Rückwärts schleicht sie zurück ins Zimmer, versteckt sich unter der Decke, zieht sie wieder über den Kopf. Irgendwann wird das Wasser aufhören zu rauschen, dann wird Mama verstohlen ins Zimmer kommen und sich hinlegen, aber Jelisaweta wird sich schlafend stellen. Mama wird noch eine Weile leise weinen, dass es Jelisaweta weh tut, drinnen in der Brust. Und morgen wird alles so sein wie immer.

Auch am nächsten Morgen vernimmt Jelisaweta nichts als gelegentliches, leises Geheul.

Noch vor dem Mittag klackt das Schloss der Haustür, und Frau Hübner schiebt zwei volle Wäschekörbe in die Diele. Kaum dass die Tür zugefallen ist, hält sie inne und neigt den Kopf zur Seite. Jelisaweta spürt den Argwohn, der in ihrem Blick liegt. »Was ist los da oben? Weint sie etwa?«

Jelisaweta müht sich um ein sorgloses Gesicht. »Ja, glaube ich schon, ich weiß auch nicht, warum.«

»Seltsam …« Nachdenklich hebt Frau Hübner einen Korb an. »Ich hätte geschworen, dass sie in ihrem ganzen Leben noch nicht geweint hat.«

Jelisaweta greift nach dem zweiten Korb und folgt Frau Hübner ins Esszimmer. Die sieht sich mit kritischem Blick um. Wie eine Aufseherin im Gefängnis, fährt es Jelisaweta durch den Sinn. »Bin ich eigentlich erste Krankenschwester, was hier ist, oder war schon einer da?«

Zögernd fügt sie hinzu: »Jemand, der heißt Gisela, vielleicht?«

»Nein, vor Ihnen war niemand hier, sie war ja vollkommen selbständig, vor ihrem Sturz im vergangenen Herbst. Nur eine Putzfrau, aber die hieß anders. Warum fragen Sie?«

»Ach nur so. Sie ruft manchmal Gisela, habe ich das Gefühl, sie verwechselt mich … Wissen Sie, wer Gisela ist?«

»Keine Ahnung, ich kenne keine Gisela. In unserer Familie heißt niemand so.« In ihrer Stimme liegt etwas Genervtes. »Wer weiß, aus welcher Zeit diese Person stammt. In dem Alter geht doch alles kreuz und quer …« Karin Hübner sieht prüfend zum Blumenfenster. »Es ist schon richtig mild draußen, Sie könnten allmählich die Fenster putzen.«

In den ersten, eintönigen Tagen ihres Aufenthaltes im Haus wäre Jelisaweta vermutlich froh über eine solche Aufforderung gewesen. Jetzt verspürt sie nur mehr schlaffe Wut und Widerwillen, die Langeweile hat sich wie ein dicker Schimmelpelz auf sie gelegt und allen Eifer erstickt.

»Muss ich sehen, wenn ich Zeit habe«, entgegnet sie und legt Vorwurf in ihren Ton. »Kann ich sie nicht allein lassen, da oben, hören Sie ja, wie sie weint.«

Bevor sie sich verabschiedet, inspiziert Frau Hübner das Schlafzimmer und kommt schulterzuckend herunter. »Sie schläft.« Erleichterung liegt in ihrem Gesicht.

Die Damenblusen im zweiten Wäschekorb sind drei Nummern größer als die im ersten. Jelisaweta ginge jede Wette ein, dass Frau Hübner die Kleidung fremder Leute zu ihr bringt und für ihre Arbeit kassiert. Während sie den Stoff mit Wasser besprengt, vernimmt sie leises Weinen wie das entfernte Wimmern einer Katze. Sie sollte nach oben gehen, die Alte trösten, ihr die Hand halten und sie zur Ruhe bringen. Jeder normale Mensch würde das tun. Egal, wie biestig sich die Alte angestellt hat, dieses Weinen ist herzerweichend.

Etwas stimmt mit meinem Herzen nicht, denkt Jelisaweta und drischt mit dem Plätteisen auf einen Hemdkragen ein. Es wehrt sich. Ganz deutlich spürt sie den pochenden Klumpen in ihrer Brust, der sich mit Vehemenz dagegen sträubt, sofort nach oben zu laufen, die Alte zu streicheln und bei ihr zu sitzen, bis sie schläft.

»Mich streichelt auch niemand«, sagt Jelisaweta laut auf Russisch, und als es heraus ist, begreift sie, dass es die Wahrheit ist. Sie hat nie zuvor darüber nachgedacht. Nur Sergejs Hände haben sie gestreichelt, aber das ist nicht das Gleiche. Sergejs Streicheln, das ist wie Schweizer Schokolade, es verlangt einen danach, und irgendwann ist der Hunger gestillt. Wenn man zu viel davon bekommt, wird einem schlecht, zumindest ist ihr das bei Sergej so gegangen. Sergej, der ohnehin einer anderen gehört, einer Alexa oder wie auch immer sie heißt. Einer, die sich nicht in Umkleidekabinen oder dunklen Magazinen verstecken muss, um von ihm gestreichelt zu werden, einer, die nicht ihren Job verliert, weil er sie gestreichelt hat. Ein Tropfen fällt auf den weißen Hemdenstoff. Zornig reibt sich Jelisaweta mit dem Handballen über die Augen. Jetzt heult sie oben und ich unten. Das hat gerade noch gefehlt.

Die Alte liegt, schläft, weint, schläft, lässt das Essen unberührt stehen, regt sich nicht einmal im Bett.

»Sie müssen bisschen trinken wenigstens.« Im Sanitätsladen hat Jelisaweta eine Schnabeltasse aus milchigweißem Plastik gekauft, die sie der alten Frau mit Nachdruck an die Lippen setzt. Immer wieder betrachtet sie Wilhelmine Hennemanns blasse Wangen, denen die Haut zu groß geworden ist, und fragt sich, wie lange es dauern wird, bis dieser Körper ganz verfällt. »Trinken«, fordert Jelisaweta sie auf und merkt kaum, dass ihre Stimme immer sanfter wird.

Nur manchmal duldet die Alte den Schnabel an ihren Lippen und schluckt ein paar Tropfen, als hätte sie ihren Widerstand vorübergehend über etwas Größerem vergessen. Dann und wann schluchzt sie auf wie im Traum, die Lider halb geschlossen, und greift fester nach Lisas Hand. »Geh nicht hoch, Kind, bleib!« Ungelenk streicht der alte Daumen über Jelisawetas Handrücken. »Komm.« Die Alte zieht an ihrer Hand, greift nach ihr, nach ihrem Gesicht, nach ihrem Haar, liegt dann wieder still, als schliefe sie. So jäh und unberechenbar hat Jelisaweta noch keine verlöschen sehen. Wie lange kann das so weitergehen? Eine Woche, zwei? Manche liegen Monate. Wieder beginnt Jelisaweta zu rechnen, wiegt die bereits vergangenen Tage gegen die noch bevorstehenden auf, addiert zwanzig Euro für jeden, ein mühsames Geschäft. Und dabei ist ihr, als hielte sie die Alte am Arm gepackt, ganz fest, um sie am Fortgehen zu hindern.

»Da, posluschaj she …«

Die Alte zuckt, liegt dann wieder starr, doch Jelisaweta ist sicher, dass sie ihr zuhört. »Ich gehe runter und hole Zwieback jetzt. Musst du essen. Und Tee trinken.« Sie spricht leise, dennoch scheint es ihr, als hallten ihre Worte durch den Raum. »Und morgen musst du essen und übermorgen. Dann kriegst du Kette wieder.« Behutsam erhebt sich Jelisaweta, und im Hinausgehen kann sie den entrüsteten Atem der Alten hören. Sie bleibt stehen, lauscht, sieht sich um. Hat die Alte tatsächlich Drecksrussin gesagt?

Als Jelisaweta die Treppe hinuntersteigt, fällt ihr Babka ein, damals, im Hospital …

Die ganze Stadt ist graublau. Nicht tiefblau wie an den blitzsauberen Frühlingsabenden, sondern so, als hätte jemand seinen schwarzbraunen Pinsel in blauem Tuschwasser ausgespült. Die Fenster des Trolleybusses sind beschlagen, Jelisaweta hat unterwegs versucht, mit dem Finger Männchen darauf zu malen, aber ständig sind Tropfen durch das Bild gelaufen und haben alles verdorben.

Das Trittbrett ist so hoch, dass Jelisaweta springen muss. Sie wünscht sich, dass Mama ihr die Hand hinstreckt, doch Mama trägt die Tasche mit Babkas Wäsche und hat die freie Hand in die Manteltasche gesteckt. Sie wartet nur, bis Jelisaweta an der Türkante Halt gefunden hat und herabhüpfen kann.

Der Gang im Krankenhaus ist so lang wie eine Straße, Jelisaweta will rennen, aber Mama hält sie am Ärmel zurück und schimpft. Sie dürfe nicht so einen Krach machen, sagt Mama, dabei ist niemand zu sehen.

Nachdem Mama an eine Tür geklopft hat, betreten sie einen Raum mit wenig Licht und vielen Betten. Es riecht noch schlimmer als in Babkas Zimmer daheim, vielleicht, weil hier so viele alte Frauen sind. Sie röcheln und schnaufen. Ganz hinten am Fenster liegt Babka. Ihre Haare sind länger als sonst, aber sie sehen trotzdem weniger aus. Mama nickt Babka zu, räumt eine Schachtel mit Gebäck in ein kleines Schränkchen und schiebt die Tasche unter das Bett. Jelisaweta hält die Luft an. Erst als es unvermeidlich wird, atmet sie ein. Nicht durch die Nase, um es nicht riechen zu müssen, sondern durch den Mund. Auch das ist eklig, sie stellt sich vor, wie die Stinkeluft über ihre Zunge leckt, hockt sich auf den Boden und atmet durch den Stoff ihrer Jacke.

»Jelisaweta! Steh auf und sag Babka guten Tag!«

Jelisaweta bleibt am Boden hocken und quetscht den Gruß durch den Jackenstoff. Sie sieht Mamas Hosenbeine durch das Zimmer laufen, Mama schleppt einen Hocker heran und setzt sich neben Babkas Bett.

»Ich bins. Tonja.«

»Mir ist kalt«, antwortet die Babka. »Bring mehr Holz herein.«

Mama sagt nichts mehr, aber das ist immer so, wenn sie reden, sie sagen ein paar Worte, dann schauen sie schweigend im Raum umher, jede in eine andere Richtung.

Jelisaweta legt den Kopf in den Nacken und betrachtet die scharfe Wellenlinie, die von der Unterkante der Gardine geformt wird, alles Darüberliegende sieht verschwommen aus. Jelisaweta kann ihre Augen umschalten. Dann sieht sie die Vorhangschiene an der Zimmerdecke deutlich, die Wellenkante dagegen verschwommen. Sie schaltet ein paarmal hin und her, bis ihr schwummrig wird und sie die Lider schließen muss. Über der Gardine hat sie ihre Atemmaske vergessen. Sie wundert sich, dass es nicht mehr stinkt. Stattdessen dringt der Geruch von Gebäck zu ihr durch. Sie stellt sich vor, dass ihre Knie die Füße wären, zieht die Unterschenkel an und stelzt auf Knien zu der Gebäckschachtel auf dem Nachttisch.

»Steh auf, Lisaweta, du machst deine Hosenbeine ganz schmutzig!«

Die Tür geht auf, und ein Mann kommt herein. Er trägt schneeweiße Hosen. Jelisaweta starrt an ihm hinauf. Sie hat noch nie schneeweiße Männerhosen gesehen.

»Steh auf!«, zischt Mama, und diesmal ist es ein Befehl.

Jelisaweta leistet ihm Folge, versteckt sich aber hinter Mamas Rücken, damit Babka sie nicht sieht, sie nicht zu sich ruft, nicht wieder an ihrem Gesicht herumfingert und ihr nicht wieder die Geschichte erzählt, vor der sich Jelisaweta so graust.

Der Mann mit den weißen Hosen stellt eine glänzende Schüssel mit Sachen auf dem Bett ab und schlägt Babkas Bettdecke zurück, so dass man ihre Beine sehen kann; sie erinnern Jelisaweta an die bleichen Suppenhühner, die Mama manchmal nach Hause bringt und deren kalte, dicke Haut man hin- und herschieben kann, als gehöre sie nicht zu den Knochen darunter. Babkas Hühnerbeine mit den violetten Linien fangen zu zittern an. Der Mann zieht Babkas Unterhose herunter.

»Geh weg, geh weg!«, schreit die Babka und tritt nach ihm. Der Mann in der weißen Hose flucht vor sich hin, Mama versucht, Babkas Bein festzuhalten.

»Lass mich, Faschistenschwein!«, brüllt Babka und strampelt.

Der Mann schiebt einen Strohhalm in Babka hinein, zwischen Babkas Beine, unten, wo das Pipi rauskommt. Er schimpft dabei weiter, weil die Babka so um sich schlägt. »Drecksfaschist!«, schreit sie.

Mama gibt Jelisaweta einen Schubs und bedeutet ihr mit dem Kopf, zu verschwinden. Doch Jelisaweta macht nur einen kleinen Schritt zurück, starrt fasziniert auf den Mann, der Babka schließlich wieder zudeckt, seine Silberschüssel nimmt und Mama zum Abschied zunickt. Als er an Jelisaweta vorbeigeht, lächelt er und macht eine doofe Grimasse, wie Erwachsene sie machen, wenn sie Kinder zum Lachen bringen wollen. Aber Jelisaweta lacht nicht, sie zieht die Brauen und Lider zusammen und schaut den Faschisten so finster an, wie sie nur kann.

*

Kraftlos drückt Wilhelmine den harten Brocken gegen ihren Gaumen, bis er aufgeweicht ist, schluckt ihn widerwillig und presst die Lippen fest zusammen, damit Elsemarie ihr nicht noch einen in den Mund schiebt.

»Du musst essen!«

Wilhelmine brummt zur Antwort. Sie hält die Augen geschlossen, legt den Handrücken über die Lippen. »Geh fort mit deinem Russendreck.«

»Kein Dreck, ist Zwieback. Essen!«

Ein neuer Brocken drängt an ihre Lippen.

»Das hast du doch wieder von ihm. Bah. Davon will ich nichts.«

»Was? Von wem habe ich?«

»Ich hab euch doch gehört, in der Nacht.« Wilhelmines Stimme ist schwach. Lass mich in Ruhe, sollte sie sagen, lass mich sterben. »Drecksschweine sind das, russische Drecksschweine.«

»Wer sind Drecksschweine?« Elsemarie rüttelt sie sachte am Arm. »Hallo. Wer sind Drecksschweine?«

Das ist nicht Elsemarie. Mühsam schlägt Wilhelmine die Augen auf. Nur schwach dringt Licht aus dem Badezimmer. »Ach, Kind.« Dann erkennt sie die Russin, und wieder ist ihr, als sei sie gerade erst erwacht.

»Warum?«

Die Mädchenhand liegt auf Wilhelmines Arm.

»Warum sind das Schweine?«

Wilhelmine atmet so tief sie kann, atmet gegen die Bilder an, gegen die Leiber, das Blut, den Dreck.

»Warum sagst du so, immer Schweine?«

»Wie Tiere! Wie Tiere sind sie!« Sie schweigt. Schnaubt. »Meinen Mann habt ihr getötet«, setzt sie mit Trotz hinzu.

»Redest du von Krieg, ja?«

»Tiere!«

»Hallo.« Die Russin sitzt auf der Bettkante, mit der Hand auf ihrem Arm, als wäre die Russin groß und Wilhelmine klein. »Du hast geheiratet 1958. Dann war Krieg schon lange aus.«

»Ach!« Unwirsch schüttelt Wilhelmine ihre Hand von sich. »Was weißt denn du!«

»Steht in Ehering, hast du verloren auf Teppich.«

»1930 hab ich geheiratet. Den Josef Hübner. Und 41 habt ihr ihn mir totgeschossen.«

Die Russin schweigt eine Weile, ehe sie antwortet. »Ich habe niemand totgeschossen. Und ich habe keine Krieg angefangen.«

»Josef hat nur seine Pflicht getan, er war Soldat. Aber er hat nicht gewütet und geplündert und keiner Frau etwas zuleide getan wie …, wie … ihr Drecksrussen!« Die Worte hallen in Wilhelmine nach, krallen sich fest, treiben ihr das Brennen in die Augen.

Die andere gibt keine Antwort mehr, sitzt stumm, irgendwann nimmt sie vorsichtig die Hand fort, steht schließlich auf und geht. Leise schließt sich die Tür. Licht fällt aus dem halb geöffneten Badezimmer.

Josef. Wilhelmine sieht ihn lachen, lächelt selbst. Ja, er ist ihre sonnige Seite gewesen, damals; sie hat sich nie um das Lachen zu kümmern brauchen, er hat das für sie getan. Josef. Glücklich waren sie gewesen, damals, und der Krieg, ach, der war weit weg, und der ginge auch vorbei, so haben sie damals gedacht. Das ist nur so eine vorübergehende Sache, die man ausgestanden hat, ehe sie richtig da ist. Es fehlte ja an nichts, kein Hunger, keine Not. Ja, der Krieg, das war eine schlimme, tödliche Krankheit, irgendwo in der Ferne.

Wilhelmine nickt auf ihrem Kissen vor sich hin, und ihr Kiefer fängt an zu zittern. Und als Josef dann nicht mehr wiederkam, 41 war das, im November, das weiß sie genau, als sie dastand, mit der halben Hundemarke in der Hand und dem Bescheid, diesem tumben Papier von wegen Ehre und Vaterland, da war es auf einmal passiert, mit einem Schlag war sie ausgebrochen, diese Krankheit, tödlich und unheilvoll, und mit einem Mal hat sie gewusst, dass mehr auf sie zukäme, als sie je würde ertragen können.

*

Nasilije. Jelisaweta schlägt im Wörterbuch nach, Schändung steht dort, Missbrauch. Notzucht. Oskwernenije. Wie in Nebel gehüllt, steht das Wort vor Jelisaweta und schweigt. Ein fremdes Wort, alt und seltsam fern. Ein Wort wie eine verstaubte Kiste, die unbenutzt im Keller steht.

Jelisaweta gießt Teewasser auf und denkt an die Abende, an denen sie allein durch den Gorodski Park gegangen ist, mit festem Schritt, doch ohne Hast und ohne jede Angst. Mama hat ihr verboten, je dort entlangzugehen, wenn es dunkel ist. Jelisaweta hat sich nie daran gehalten, denn auf ihr Warum hat Mama keine Antwort gehabt.

Nie zuvor hat sie ernsthaft über diesen Begriff nachgedacht, nasilije, Vergewaltigung. Ohne es zu wollen, sieht sie den mürben Frauenkörper vor sich, der im Zimmer über ihr liegt, die welke, schlaffe Haut, denkt an den Geruch von Urin und Verfall, der immer gleich ist, sei es hier oder im Krankenhaus daheim. Sie spürt noch die knöcherne Hand, die zitternd und pergamenten auf der ihren liegt, und versucht alles mit den Bildern aus dem roten Album in Einklang zu bringen, mit den Bildern der jungen Frau im Sommerkleid.

Sie haben sie vergewaltigt. Ihren Mann erschossen und sie vergewaltigt, denkt Jelisaweta, und der Gedanke bleibt ihr fremd. Im Krieg. Russische Soldaten haben sie vergewaltigt, und das trägt sie mir nach. Sechzig Jahre später. Ärger steigt wie ein wütender Zwerg in ihr auf.

Der Drang, die Joggingschuhe anzuziehen und in die feuchtkalte Nacht hinauszurennen, bis die Erschöpfung alle Unruhe zunichtemacht, wird beinahe übermächtig, aber sie wagt nicht, Frau Hennemann allein zu lassen. Stattdessen klopft sie auf die Sofakissen ein, bis sie prall in Reih und Glied liegen, streunt ziellos durch das Erdgeschoss und kippt schließlich Mehl und Eier auf den Küchentisch, um daraus Nudelteig zu kneten, klopft auf ihn ein, zerrt ihn auseinander und schlägt ihn auf die Tischplatte. Hüllt ihn in Folie und wirft ihn in den Kühlschrank.

Sie kann die Treppe zum Schlafzimmer jetzt nicht hinaufsteigen, obwohl die Alte sicher längst schläft. Es ist das gleiche beklemmende Gefühl, die gleiche Scheu, das gleiche Grauen wie damals, als sie noch klein war, damals, vor Babkas Zimmertür.

Erst spät in der Nacht schleicht Jelisaweta, unendlich langsam, die Treppe empor, nah an der Wand, dort, wo die Stufen nicht knarren; tappt dann auf leisen Sohlen zu dem blassgrünen Zimmer.

So wie damals, denkt sie und schließt die Augen, unter ihren Fingerspitzen das Phantomgefühl der gestreiften Tapete. »Dawai, dawai!«

»Jelisaweta! Jelisaweta soll hereinkommen.«

Es wird schon finster, die Babka in ihrer weiten Wolljacke sieht aus wie der Schatten einer Matrjoschka. Jelisaweta kann Babkas Gesicht kaum erkennen, erst wenn sie eine Weile bei ihr im Dunkeln gesessen hat, wird sie darin Furchen ausmachen können. Also setzt sie sich in den Sessel, lauscht und wartet auf das schaurig-schöne Gruseln.

»Es war einmal ein Puppenschnitzer, sein Name war Fritz«, beginnt die Babka jedes Mal, und ihre Augen gucken ganz groß in die Luft, »der lebte allein im Wald. Er verstand es, die schönsten Puppen zu schnitzen und sie zu bemalen, mit Augen und Händen und Schürzen. Er selbst aber war grob und hässlich und böse wie alle Puppenschnitzer. Eines Abends, als er zu viel Wodka getrunken hatte, packte er mit groben Händen die schönste seiner Puppen, warf sie auf seine Werkbank und rief: ›Ha, jetzt will ich dir ein Baby machen!‹«

An dieser Stelle greift die Babka mit ihren Hexenfingern nach der Matrjoschka, die über Jelisaweta auf einem Bord steht, und hebt sie drohend in die Höhe.

»Die Puppe, die er aus dem Schlaf gerissen hatte, sperrte die Augen auf und flehte ihn an: ›Bitte, bitte, nein, verschone mich, sieh doch, es gibt so viele von meiner Sorte, nimm dir eine andere.‹

Der Puppenschnitzer aber hatte schon sein Messer gezückt, schärfte es an einem Lederriemen und lachte laut auf, dass man die faulen Zähne in seinem Mund sehen konnte. ›Ich nehme aber dich, los, zier dich nicht so!‹

Die Puppe sah das Messer, wollte schreien, aber sie wusste, dass ihn das nur noch böser gemacht hätte – also schwieg sie, lag hilflos auf dem Rücken, zitterte ein wenig und hoffte, dass er von ihr ablassen würde, wenn sie nur still bliebe. Doch sie hatte sich verrechnet, denn mit grimmigem Ausdruck im Gesicht packte er sie noch fester, drückte ihr beinahe die Gurgel zu und stieß ihr das Messer in den Leib.«

Jetzt fährt Babkas Hand über die Puppe, Jelisaweta zuckt zusammen und schlingt unwillkürlich die Arme um ihren Bauch. Die Stimme der Babka wird immer lauter.

»Die Puppe schrie vor Schmerz, aber das half nichts. Immer wieder rammte der Schnitzer der armen Puppe das Messer in den Leib, zog es hervor und stach aufs Neue zu. Und mit jedem Schnitt wurde die Puppe hohler und hohler, als risse der Schnitzer alles Leben aus ihr heraus. Schließlich wurde sie ohnmächtig vor Angst und Schmerzen. Als sie erwachte, fühlte sie sich leer, doch sie spürte auch, dass sich etwas in ihr regte. Sie bestand jetzt aus zwei Hälften und wusste, dass sie nie mehr ganz werden konnte, nie mehr. Bald darauf wurde der Puppenschnitzer wach, schraubte die Puppe auseinander und zog das Kind heraus, das sie in ihrem Bauch gefühlt hatte. Es war ein kleines Mädchen. Er begaffte es mit der gleichen Gier, mit der er zuvor sie angesehen hatte. Dann wankte er aus der Werkstatt.

Als der Puppenschnitzer wieder einmal zu viel Wodka getrunken hatte, nahm er das Töchterlein, betrachtete es und sprach: ›Auch dir mache ich jetzt ein Baby, denn du bist mein.‹

Der Puppenmutter entfuhr ein stummer Schrei. Da merkte sie, dass sie Angst hatte um das Kleine, und wusste, dass sie es also liebhatte. Es sollte nicht dasselbe durchmachen wie sie. Doch es gab kein Entkommen, der Schnitzer packte das kleine Mädchen, schnitt ihm mit einem Ratsch den Bauch auf und höhlte es ebenso aus, wie er es bei seiner Mutter getan hatte.«

»Hör endlich auf mit deinen Schauergeschichten, du erschreckst das Kind«, ruft Mama, die hereingekommen ist und versucht, Jelisaweta am Arm aus dem Zimmer zu zerren. Jelisaweta kann aber nicht gehen, ehe die Geschichte zu ihrem ewigen Ende gefunden hat.

»Gar nicht, ich erschrecke mich gar nicht!«

»Sie soll wissen, wie es ausgeht«, knurrt Babka und schickt Mama mit einer Kopfbewegung aus dem Zimmer. Dann fährt sie fort: »Am nächsten Morgen waren sie schon zu dritt, und die größte der Puppen war eine Großmutter geworden. Aber die Gier des Schnitzers war längst nicht gestillt. Noch oft trank er Wodka, und die Puppe musste mit ansehen, wie auch ihre Enkelin, deren Tochter und auch deren Enkelin das Entsetzliche über sich ergehen lassen mussten. Sogar die sechste und kleinste von ihnen packte der böse Puppenschnitzer eines Nachts und schlitzte ihr den Bauch auf.

Da konnte und wollte die alte Puppe es nicht mehr mit ansehen und ersann eine List: In der folgenden Nacht, als der Schnitzer auf seinem Lager schnarchte, griff sie nach dem Pinsel, mit dem er die jüngste zuvor angemalt hatte, tauchte ihn in die schwarze Farbe und malte der kleinen Puppe mit zwei winzigen Strichen einen Schnurrbart. Dann schlich sie an ihren Platz zurück und sank in einen guten, erleichterten Schlaf.«

Wie zur Bestätigung drückt ihr die Babka jetzt die Holzpuppe in die Hände. Jelisaweta traut sich nicht, sie auseinanderzunehmen und damit zu spielen, wie sie es früher einmal getan hatte, ganz früher, daran erinnert sic sich kaum. Jetzt liegt die Puppe, die so viele ist, in Jelisawetas Schoß und droht, sie zu verbrennen.

»Am nächsten Morgen stand der Puppenschnitzer auf und ließ seinen Blick über das Regal mit den Puppen gleiten. Er stutzte, betrachtete stirnrunzelnd das jüngste Kind, das ein kleiner Junge geworden war, stopfte kopfschüttelnd sein Hemd in die Hose und machte sich an die Arbeit. Von diesem Tag an tat er keiner der Puppen mehr etwas zuleide.«

*

Behutsam reibt das Papiertaschentuch unter ihren Mundwinkeln entlang. Wilhelmine schluckt. Saugt die süße Flüssigkeit aus dem Zwieback und schluckt.

»Nein«, sagt sie, »keinen Kakao«, und schüttelt den Kopf und nickt und weiß selbst nicht, ob sie gefragt oder geantwortet hat. Und mit dem nächsten Bissen schmeckt es wie damals, als sie den Rest von der Blockschokolade ins heiße Wasser gerieben haben. Es war nur noch ein knapper Teelöffel Milchpulver da, den haben sie geteilt. Und Zucker, viel Zucker, drei Löffel voll. Und dann haben sie in der Küche gesessen und das heiße, süße Wasser getrunken und sich vorgestellt, wie die dicke Schokolade durch die kühle Schlagsahne rinnt, und sich über die Lippen geleckt.

›Weißt du, was ich später mache?‹

Damit hat es jedes Mal begonnen, das Traumspiel. Sie haben sich ausgemalt, was sie tun werden, wenn alles wieder möglich ist. Konditern gehen, jede ein großes Stück Torte für sich allein und mit ganz viel Sahne. Und dann kaufen wir Schuhe, nagelneue. Später, haben sie gesagt, und nach dem Krieg haben sie gemeint. Später. Dabei hat Wilhelmine längst nicht mehr an ein Später geglaubt.

Die Tränen drücken gegen ihre geschlossenen Lider. Mit dem Geschmack des Kakaos auf der Zunge packt die Erinnerung unbarmherzig zu.

»He …«

Wilhelmine spürt die Hand auf ihrem Arm.

»Was haben Sie?«

»Nimm das weg.« Sie wehrt mit der Hand den nächsten Bissen Zwieback ab. Sie hat nie wieder Schokolade getrunken seither, nein, das hat sie sich für alle Zeiten versagt.

»Ach, aber Sie weinen nicht wegen Kakao?« Das Papiertuch tupft über ihre Augen.

Auf dem großen Sofa haben sie gesessen, im Finstern, ohne Verdunklung, damit das Mondlicht ins Zimmer fällt. Ganz eng zusammengekauert haben sie sich, mit der gelbbraunen Wolldecke über den Knien, und Wilhelmine hat sie im Arm gehalten, das Gesicht in ihre Haare gedrückt und daran gerochen. Wie an einer Knospe, bevor sie sich öffnet. Wenn Hoffnung einen Geruch kennt, hat Wilhelmine gedacht, dann ist es der Duft der Kinder.

Wilhelmine greift nach ihrer Hand, umschließt sie und atmet lange aus. Das Lächeln kostet alle Kraft. In ihr ist alles starr, wird jeden Tag ein bisschen starrer von der Mühe, die es macht, sich nicht gehenzulassen, nicht zu jammern, nicht die Wahrheit zu sagen, obwohl jeden Tag ein Stück Hoffnung stirbt. Nicht vor ihr. Erst spät, wenn sie eingeschlafen ist, wird Wilhelmine zusammenfallen wie jemand, dem man die Knochen herausgezogen hat. »Das machen wir alles später, Kind. Später«, wiederholt sie und streichelt die feste, warme Hand.

*

»Vergessen Sie nicht Tante am Sonntag. Bin ich nicht da.«

»Wie bitte?« Frau Hübner schweigt einen Augenblick, es hört sich an, als hole sie Luft. »Ach, Lisa, das geht aber wirklich nicht, diese Woche. Wir sind eingeladen. Sie müssen wenigstens bis zum Nachmittag bei ihr bleiben.«

Das könnte dir gefallen, denkt Jelisaweta und spürt, wie sich in ihrer Mitte etwas zusammenballt. Es ist genau wie in der Woche zuvor. Es wird Abend werden, bis Frau Hübner kommt, wenn sie überhaupt kommt. Aber dieses Mal wird Jelisaweta es nicht stillschweigend hinnehmen. Jetzt nicht mehr. Sie muss hier raus.

»Nein«, gibt sie entschieden zurück, »ich gehe in Kirche am Sonntag.« Sie hat kaum je eine Kirche von innen gesehen und wird auch am Wochenende keine betreten, doch sie kann Frau Hübners Entschlossenheit beinahe durch das Telefon in sich zusammenfallen hören. An die Rechte von Göttern wagt nicht einmal eine Karin Hübner zu rühren.

»Ich bringe für die Tante Frühstück, dann gehe ich.« Entschlossen legt Jelisaweta den Hörer auf. Sie wird sich auf kein Zugeständnis einlassen.

Klamme Morgenkälte begleitet Jelisaweta auf dem Weg zum Bahnhof. Die S-Bahn ist beinahe leer. Noch bevor die ersten Hochhäuser in Sicht kommen, klart der Himmel auf und lässt Vorfrühlingssonne durch die Plastikfenster brennen. Schmutzig sehen sie aus, weil jemand unlesbare Botschaften hineingeritzt und mit Zigarettenglut Brandlöcher hineingesengt hat. Während erst Felder, dann Straßen und Schrebergärten und schließlich lückenlose Häuserreihen an ihr vorbeiziehen, versucht Jelisaweta auch die Gedanken an die alte Frau hinter sich zu lassen, doch sie hängen an ihr wie Körperteile, unsinnig, sie abschütteln zu wollen.

An einem Bahnhofskiosk kauft Jelisaweta eine Brezel und läuft kauend durch die harten Morgenschatten bis zu dem lichten, staubigen Platz, auf dem schon von weitem die Tapeziertische mit den Kartons und Plastikklappboxen zu erkennen sind. Jelisaweta wirft einen Blick auf die Uhr, die besten Sachen haben schon in der Dämmerung den Besitzer gewechselt, doch ein kleines Radio wird sich finden lassen.

Und zum ersten Mal in diesem Jahr nimmt sie die Sonnenbrille heraus und schlendert zwischen den Tischen umher, um hie und da einen Blick auf etwas zu werfen, das wie ein Radio aussieht. Nur dieses Licht, denkt Jelisaweta, macht alles so begehrenswert. Dieses grelle, Schatten schlagende Licht, das die Luft elektrisiert, noch ohne sie aufzuheizen.

Bei einem Jungen, er mag halb so alt sein wie Jelisaweta selbst, entdeckt sie ein Radio. Er lässt mit sich handeln, weil weiße Farbspritzer daraufgekleckert sind.

Dann sieht sie es. Es liegt halb verdeckt unter einem Plastikbeutel mit Spielzeugautos, zuerst fällt ihr nur die Matrjoschka auf dem Buchdeckel auf. Sie zögert eine Weile, überwindet schließlich ihre Abscheu und zieht es hervor. *Die Puppe, die ein Baby haben wollte*, steht in kunterbunten Buchstaben darauf.

Verwirrt tastet Jelisaweta über den lackierten Einband und muss Atem schöpfen, bevor sie imstande ist, das Buch aufzuschlagen. Und zum zweiten Mal in dieser Woche spürt sie jenes gruselige Unbehagen aus Kinderzeiten, das sie vergessen geglaubt hatte. Sie blättert zögernd die grün und rot bedruckten Seiten um, beginnt in der Geschichte der armen kleinen Matrjoschka und ihrer Töchter zu lesen, die sie schon tausend qualvolle Male gehört hat. Die Geschichte des bösen Puppenschnitzers Fritz. Jelisaweta überfliegt die ersten Seiten, liest, wie der Puppenschnitzer in den Wald geht, um Holz für seine Puppen zu sammeln. Diesen Part kennt Jelisaweta nicht, mit einer solchen Ouvertüre hat sich Babka nie aufgehalten, sondern ist gleich zur Sache gekommen. Dass der Puppenmacher ziemlich gut dabei wegkommt, macht Jelisawetas Brust noch enger. Es sind ein paar hübsche Bilder dabei, auf denen man die niedliche Puppe sehen kann, die er geschnitzt hat. Sie trägt ein rotes Kopftuch, eine gemusterte Schürze spannt sich über ihrem runden Bauch. Sie lächelt.

Beim Anblick der haarigen, bloßen Beine des Puppenschnitzers schaudert es Jelisaweta. Als er sich nach dem Wohlbefinden seiner Puppe erkundigt, antwortet sie: Mir geht es nicht gut, ich möchte ein Baby haben.

Etwas stimmt hier nicht. Das ist nicht Babkas Geschichte. Sie klemmt den Finger zwischen die Seiten und betrachtet die Rückseite des Buchs, die aber nur Hinweise auf weitere Kinderbücher des Autors enthält. Warum um alles in der Welt lässt er die Puppe so etwas sagen?

»Eins fünfzig!«, ruft der Junge von seinem Klappstuhl und sieht Jelisaweta fordernd an. Jelisaweta nickt abwesend, sucht, ohne den Blick von den Buchstaben zu nehmen, nach Münzen in ihrer Hosentasche und lässt sie in die ausgestreckte Hand des Buben gleiten. Wie eine Schlafwandlerin geht sie lesend bis zum Ende des Flohmarktes, lehnt sich gegen einen hohen Maschendrahtzaun, der ihren Körper leise vor- und zurückfedern lässt. Die Puppe möchte ein Baby haben! Und lässt sich freiwillig vom Puppenmacher den Bauch aufschneiden: *Es tut immer ein bisschen weh, eine richtige Mutter zu werden.* Nein, das ist nicht Babkas Geschichte. Das hier ist etwas vollkommen anderes. Es ist die Geschichte eines freundlichen Handwerkers, den seine Puppe um ein Baby bittet, woraufhin der Puppenschnitzer ihr behutsam den Bauch aufschneidet und sie aushöhlt, um das neu geschnitzte Baby hineinlegen zu können. Gebannt liest Jelisaweta weiter. Das Gleiche geschieht immer wieder, und nur um keine der Puppen mehr aufschneiden und schließlich mit der Lupe arbeiten zu müssen, malt er der letzten und nur mehr fingerhutgroßen Puppe einen Schnurrbart.

Jelisawetas Rücken rutscht am Maschendrahtzaun hinab, bis sie auf der staubigen, kalten Erde zu sitzen kommt. Sie schlägt die Buchdeckel zu und starrt auf den bunten Einband. Nur für einen Moment übermannt sie der Impuls, das Buch von sich zu schleudern, irgendwohin in die Menge der sonnenfreudigen Flohmarktbesucher. Doch im Grunde weiß sie, dass dies die richtige, die echte Matrjoschka-Geschichte sein muss. Sie bleibt lange dort sitzen, starrt vor sich hin und immer wieder auf das schwarzbunte Buch in ihren Händen. Wie in Trance macht sie sich auf den Weg zur S-Bahn-Station, fährt irgendwohin, vielleicht an den Main, um dem Wasser beim Fließen zuzuschauen. Wird auf einer kleinen Treppe sitzen, die in die steinerne Uferböschung eingelassen ist, und auf das glitzernde Schwarzweiß des Wassers blicken, bis es blauschwarz wird und schließlich nur noch die gelblichen Lichter der Hochhäuser darin schwimmen.

Es ist spät, als Jelisaweta ankommt, sie spürt ihre Füße vor Kälte kaum. Die Leuchte über dem Eingang ist dunkel, nur durch das Glas der Haustür dringt schwaches Licht.

Frau Hübner empfängt sie mit mürrischem Gesicht, Jelisaweta kann den Zorn dieser Frau beinahe körperlich spüren, doch sie nickt bloß als Antwort auf deren Fragen, die sie nicht gehört hat, und geht an ihr vorbei. Später dann schlägt die Haustür zu, es bleibt nur das Schaben der Messingkette, die am Holz hin- und herpendelt.

Jelisaweta löscht das Licht in der Küche, das Brummen der Neonleuchte erstirbt, einzig das Ticken der Küchenuhr erinnert daran, dass die Zeit weiterläuft, dass noch immer alles im Fluss ist.

Irgendwann findet sie sich im Wohnzimmer wieder, zusammengekauert im dünnen Licht, das die Straßenlaterne durch das Blumenfenster schickt, und verliert sich in den Bildern, die wie ein Echo durch ihre Gedanken geistern. Alles fügt sich zusammen. Alles passt. Wie ein Mosaik. Jedes Steinchen, das sie ihrer Erinnerung entnimmt und hinzufügt, findet seinen entsetzlichen Platz. Seinen wirklichen Platz. Babka mit ihrem grauen Bürstenschnitt, in ihrer viel zu langen Männerjacke. Wie sie Jelisawetas Kinn genommen und ihr in die Augen gesehen hat. »Blaue Augen«, hat sie gesagt, »Jelisaweta soll sich schämen. Sie ist auch eine von ihnen.«

Da ist die Frage nach ihrem Großvater, die nie gestellt werden durfte, so dass sich Jelisaweta wie eine Verbrecherin vorkam, als sie damals nach Staraja Mestnostsch gereist ist.

Da ist die Vehemenz, mit der Mama gegen Bedrohungen kämpft, die überhaupt nicht da sind. Mama, die immer Angst hat und die in ihren ewig dunklen Anzügen aussieht, als arbeite sie nicht in einem Krankenhaus, sondern in einer Parteizentrale. Mama, die die unsinnigsten Regeln aufstellt und Dinge tut, die keiner versteht. Mama, das Kind mit dem Schnurrbart. Mama, das deutsche Kind.

Mechanisch und vom Morgen betäubt, steht Jelisaweta auf und kleidet sich an, schlüpft in das Sweatshirt, das sie seit Jahren besitzt, in die Jeans, die sie mindestens ebenso lange trägt. Mit den Beinen, die ihr schon ein Leben lang gehören, steigt sie die Treppe hinunter, wie sie es seit Wochen tut, öffnet wie jeden Morgen die Terrassentür, um frische Luft ins Haus zu lassen, räumt im Vorbeigehen die Sofakissen an ihren Platz, wirft einen Blick aus dem leblosen Blumenfenster und fühlt, dass sie schwebt. Es ist keine Leichtigkeit, die sie anhebt, vielmehr ist der Boden schwerer geworden, gleichsam abgesackt. Um festen Schritt ringend, überquert sie vertrautes Terrain wie fremdes Land und ist sich mit einem Mal selbst eine Unbekannte geworden. Eine Fremde. Eine Deutsche.

*

Das Mädchen ist leise, heute morgen, kaum zu hören, jede ihrer Bewegungen scheint auf eine besondere Art gebremst, die nicht zu der so kompakten, stämmigen Russin passen will.

Trotz ihrer Neugier zwingt sich Wilhelmine, den Kopf nur langsam zur Seite zu drehen, es nähme sie nicht wunder, wenn die andere durchsichtig geworden wäre, doch das Mädchen schaut aus wie immer. Erst als die Russin den Toilettenstuhl ans Bett rückt, sieht Wilhelmine deren verquollene Augen, sieht die blassen Lippen und dreht sich rasch wieder fort.

*

Energisch zerrt Jelisaweta die rollende Einkaufstasche hinter den Mülltonnen in der Garage hervor, das störrische Ding sträubt sich, und die Kapuze des Regencapes nimmt ihr die Sicht. Sie hat alle leeren Flaschen in den Trolley gepackt, doch noch immer erscheint ihr die Tasche zu leicht, am liebsten würde sie Steine hineinlegen, als könne das Gewicht der Tasche dasjenige auf ihrer Seele leichter machen.

Obwohl der Regen nachlässt, ist außer Jelisaweta kein Mensch zu Fuß unterwegs, nur ein paar Autos rollen an ihr vorbei, für einen winzigen Moment bleiben die Spuren ihrer Reifen als Linien auf dem spiegelnassen Asphalt sichtbar. Erst vor dem Parkplatz begegnen ihr Menschen, Gesichter, Augen, blaue und braune und grüne, stürzen auf sie ein, deutsche Gesichter, und Jelisaweta muss sie anstarren, als hätte sie nie zuvor welche gesehen. Sie tauscht die leeren Colaflaschen gegen volle, zwingt sich, an die Alte zu denken, daran, was sie morgen essen wird, geht zwischen den Regalen hindurch, ohne die Waren zu sehen, sieht immer nur Gesichter. Was unterschiedet sie? Jelisaweta weiß es nicht. Schon damals, als sie den kleinen Friedrich bei sich hatte, hat sie sich gefragt, worin der Unterschied besteht. Ob man ihn sehen kann. Jetzt weiß sie, dass es keinen gibt, dass sie eine von ihnen ist. Mindestens einer ihrer Arme oder eines ihrer Beine ist genauso deutsch wie die Beine, die hier an ihr vorbeimarschieren. Und Mama? Bei Mama sind beide Beine deutsch. Etwas Schwarzes krampft sich in ihrem Bauch zusammen. Sie denkt an Babka, denkt an Mama, sieht den kleinen Friedrich und fragt sich, wie es sein muss, ein Kind zu haben, das nicht aus Liebe, sondern aus Hass entstanden ist. Ein fremdes Kind. Das Kind eines Feindes.

Zwischen Gemüse und Käse bleibt sie unvermittelt stehen, starrt auf den graugesprenkelten Fußboden. Plötzlich ist alles klar. Die Alte. Die Schändung. Das Kinderkettchen. Das nächtliche Geschrei. Ein Kind. Gisela.

Und auf dem Nachhauseweg hat nichts in ihr Raum als der Gedanke an Gisela, das verhasste Ergebnis jener Schändung durch den russischen Soldaten. Sie hat es nicht gewollt, sondern weggegeben, denkt Jelisaweta, einfach weggegeben. Zu fremden Leuten, in fremde Hände. Gisela, das Russenkind.

*

Wilhelmine tastet nach der Klingel, drückt, wartet, drückt wieder, doch es regt sich nichts, nur das Prasseln von Regentropfen ist zu hören, die gegen das Gaubenfenster schlagen. Sie fühlt noch einmal mit der Hand unter die Decke, fährt durch die Bettritze, schaut zum Nachttisch, aber da stehen nur der Wecker und das Wasserglas. Die Russin hat die Fernbedienung weggenommen, das Weibsstück, das sieht ihr ähnlich; Wilhelmine starrt auf die totschwarze Mattscheibe und spürt, dass ihr Tränen in die Augen steigen. Alles entreißt sie ihr, die Fernbedienung, die Kette und den Seelenfrieden, und für Wilhelmine bleiben nichts als Erinnerungen. Bilder, die auf sie einschlagen wie die Tropfen auf die Fensterscheibe. Ihr Gesicht, immer wieder ihr Gesicht, das friedlich schlafende, lauthals lachende, zornig entstellte. Das lebendige. So nah ist sie ihr.

Und langsam und zum ersten Mal geht Wilhelmine den Bildern entgegen, anstatt zu fliehen. Steigt die klamme Betontreppe hinab, vorsichtig jeden Tritt setzend, weil die Stufen so hoch sind, dass man unvermittelt glaubt, ins Leere zu treten. Ihre Hand sucht Halt an der Wand, tastet über den rauen, bröseligen Putz, der nur grob die Backsteine verdeckt. Irgendjemand ist mit dem Kopf gegen die Petroleumlampe gestoßen, ihr Lichtkegel rotiert auf dem Boden in immer kleiner werdenden Bahnen. Wieso, fragt sich Wilhelmine, stößt keiner an den beiden Pfeilern an, die mitten im Raum stehen, obwohl die Phosphorfarbe, mit der man Ringe darum gemalt hat, viel schwächer leuchtet als die Funzel?

Sie schleift ihre Matratze hinter sich her, das sperrige Ding, die Kante holpert die Stufen hinab. Oben schlägt jemand die Türe zu.

Wilhelmine zuckt zusammen. Das war nicht die Kellertür, vorsichtig öffnet sie die Augen, schaut auf die Damastrosen der Bettwäsche und hört jetzt die Russin, wie sie in der Küche rumort. Es dauert nicht lange, und Schritte kommen die Treppe hinauf, forsch und mit Nachdruck, war sie nicht gestern noch so verzagt gewesen? Oder war das heute früh? Wilhelmine sieht ihr entgegen, will anheben und die Fernbedienung einklagen, doch die andere kommt ihr zuvor, stellt mit so viel Verve einen Wäschekorb auf den Stuhl, dass Wilhelmine die Worte entgleiten.

»Es macht nicht Schande, russisch zu sein, denk dir das!«

Wilhelmine weiß keine Antwort zu geben, was sollte sie darauf sagen, einzig der Ton nimmt sie gefangen, ein neuer Ton, der Mut der Verzweiflung schwingt darin mit.

»Wo hast du meine Fernbedienung? Die holst du mir. Sofort!«

»Aber es macht Schande, was du gemacht hast mit deinem Kind!«

Wilhelmines Atem stockt. Hitze schießt ihr in den Leib, in die Wangen, in die Brust. Sie wird sterben. Jetzt. Sofort. Wie festgenagelt starrt sie das Mädchen an, bringt es nicht fertig, den Kopf zu wenden. Es hat ohnehin keinen Sinn, das hier ist etwas anderes, die hier ist etwas anderes, Wilhelmine hat es gespürt, von Anfang an. Die hier weiß alles.

Nur ein Flüstern gelingt ihr. »Mit meinem Kind.« Es hätte wie eine Frage klingen sollen, doch Wilhelmine schafft es nicht, die Stimme rechtzeitig zu heben.

»Mit deinem Kind, ja, was du hast fortgeschickt.«

Fortgeschickt. Wilhelmine lächelt bitter, sieht das

Mädchen an; die Milde des Wortes treibt ihr Tränen in die Augen. Fortgeschickt. Wenn sie doch weinen könnte, schreien könnte, ihr Einhalt gebieten könnte. Wenn sie doch sagen könnte, dass sie es nicht gewollt hat, nicht so, nicht das, niemals. Dass sie sich seither nichts sehnlicher gewünscht hat, als dass sie ihr hätte folgen dürfen.

»Pah, meine Großmutter hat wenigstens großgezogen ihr Kind, auch wenn es deutsches Kind war.«

Wilhelmine presst Lippen und Lider zusammen. Großgezogen. Noch ein Wort, das wie ein Messer sticht, wie oft hat ihr das nicht in die Seele geschnitten, jahrelang, Tag für Tag. Wie oft hat sie nicht lautlos beweint, was hätte gewesen sein können, all die kleinen und großen Stationen, die Nichtigkeiten und Meilensteine, die wie Baumstümpfe, wie Wurzelreste vor ihr stehen. »Hör auf! Lass mich in Ruhe, ich habe genug Schmerzen ausgestanden, lass mir endlich meinen Frieden.«

»Geschieht dich recht, wenn du leidest, hättest du besser nicht gemacht, so was.«

Das Wort Racheengel fährt Wilhelmine jäh durch den Sinn, ihr, die sie seit einem halben Jahrhundert keine Kirche mehr betreten, keinen Gott mehr angesprochen hat, und sie hört, wie ihre eigene Stimme bricht. »Ich … ich hab es doch nicht gewollt. Glaub mir. Ich wollte doch wirklich mit ihr gehen …« Endlich schlägt sie die Hände vor das Gesicht, wehrt das Schluchzen ab, das ihr die Worte erstickt.

»Hast du nur gemacht, weil sie russisch ist.«

»Was?« Wilhelmine hält bei der Suche nach dem Taschentuch in ihrem Ärmel inne. »Wer ist russisch?«

»Aber ist sie genauso deine Tochter.«

»Gisela? Gisela ist doch keine Russin! Wie kannst du so etwas sagen?«

Stille tritt ein, es ist, als hätte jemand dem Streit den Strom abgeschaltet. Erst nach einer Weile fängt das Mädchen wieder an zu sprechen, zögernd und nun mit leisem Trotz: »Aber ... hast du gekriegt von diese russische Soldat ...«

»Schluss damit!« Nichts weiß dieses Weibsstück, gar nichts. »Keiner von denen hat mich je angefasst, so eine Frechheit, Gisela ist Josefs Tochter, merk dir das! Niemand hat mich angefasst!« Wilhelmine schließt die Augen, doch einem Nachtalb gleich erscheint das Gesicht des Offiziers mit einem Ausdruck zwischen Abscheu und Mitleid. Ohne eine Miene zu verziehen, tritt er ein. Er setzt die Füße kaum auf, hat es eilig, wieder aus dem Zimmer zu kommen, in dem Wilhelmine seit Wochen liegt und verfällt. Haut und Knochen, daran vergeht sich keiner, nicht einmal einer von denen. Auch dieses Mal legt er ihr ein in graues Papier gewickeltes Päckchen ans Fußende, Brot, Heringe oder sogar Speck, er schaut sie nicht an, und noch bevor Wilhelmine darüber nachdenken kann, ist er verschwunden.

»Aber ...«

Wilhelmine schreckt auf. Entsetzen steht im Gesicht der Russin, Entsetzen und Fassungslosigkeit. Sie sieht den Dämon, denkt Wilhelmine. Den Dämon, der ich bin, den Dämon, vor dem es Wilhelmine selber graust, sobald sie nur einen Gedanken an ihn zulässt.

»Aber ...« Noch immer steht sie straff vor Wilhelmine, die Augen klar und stechend. »Was also hast du gemacht mit Gisela?«

»Geh. Verschwinde.« Wilhelmine schlägt mir der Hand durch die Luft. »Ich weiß nicht, wovon du redest. Es gibt keine Gisela!«

*

Stille macht sich breit. Stillstand; Lähmung angesichts einer Bedrohung, für die man noch keine Worte kennt. Seit Tagen wagt Jelisaweta kaum, nach oben zu gehen, das Schlafzimmer verharrt, die Möbel und Gegenstände schweigen sie an in lautlosem Vorwurf, beinahe ist ihr, als stünde deren angehaltener Atem wie ein Ton im Raum, doch da ist nur das leise Schnaufen der alten Hennemann. Ohne Trotz liegt sie und ohne Stolz, ihr sonst so gereckter Hals ist verschwunden, der Kopf zwischen die Schultern gerutscht, als suche die greise Frau ihn zu verstecken.

Etwas Unaussprechliches hat sich zwischen ihnen aufgetürmt. Erstickt jeden Gedanken, jedes Wort und jeden Blick, nicht aber die Faszination, die Jelisaweta zu treiben beginnt. Längst hat sie versucht, in das dritte der oberen Zimmer einzudringen, doch der Schlüssel bleibt unauffindbar, sie hat alle Schränke, alle Dosen und möglichen Verstecke danach durchgesehen. Nein, so wird sie nichts über den Verbleib dieser Gisela erfahren. Gisela, von der nicht einmal Karin Hübner etwas weiß. Gisela, die keine Russin ist und der sich Jelisaweta trotzdem auf eine unwirkliche Weise verbunden fühlt. Immer wieder ertappt sie sich dabei, Mutmaßungen über deren Schicksal anzustellen. Stück für Stück versucht Jelisaweta, sich ein Bild zusammenzusetzen, ein Bild, das mehr aus Lücken denn aus Fragmenten besteht; dabei ist es wie ein Spiel: ein Puzzlespiel, das seinen Reiz aus den Lücken bezieht. Sind sie erst geschlossen, so viel ahnt Jelisaweta, ist alles vorbei.

Jelisaweta hat die schrumpeligen und matschigen Äpfel von den Bäumen im Garten genommen und in die Mülltonne geworfen. Sie hat die Beete geharkt und die fauligen Pflanzenreste des letzten Herbstes ausgerissen. Sie ist jeden Mittag zum Supermarkt und in das kleine Städtchen gelaufen, doch immer war ihr, als würde sie das Haus und seine Bewohnerin wie an einem Halsband hinter sich herschleifen.

Nun liegt der Garten wie ein sauberer, feuchtfrischer Teppich in Grün und Sattbraun vor ihr. Durch die Tannen verbleibt der Sonne nur ein schmales Rechteck, das rasch über den Boden wandert und bald von den Schatten geschluckt werden wird. Jelisaweta beeilt sich, die Geräte in den Keller zu räumen und ins Haus zurückzukehren, wo sie unschlüssig am Fenster steht und in das sich allmählich rötende Vorfrühlingslicht schaut. Endlich reißt sie an ihrer Entschlossenheit und an der dunklen Eichentür des Wohnzimmerschrankes und greift in die kleine Herzdose. Leise steigt sie nach oben.

*

Etwas schlägt hart gegen die Bettkante, es muss der Schemel sein, unwillig schält sich Wilhelmine aus ihrem Dämmerschlaf, spürt, dass die Russin neben dem Bett sitzt. Kann es allein deren Anwesenheit sein, die sie geweckt hat? Wie lange verharrt sie schon dort? Wilhelmine weiß es nicht, die Zeit steht still oder rast, es bleibt sich gleich, als hätte die Zeit keine Verbindung mehr zu ihr.

Wie ein Vorwurf sitzt das Mädchen da, bohrt sich wortlos in ihr Gemüt, stochert mit spitzen Fingern nach Wunden, bis Wilhelmines Puls jählings zu rasen beginnt.

»Was willst du von mir?«, fragt sie matt. Lass mich, denkt sie, lass mich endlich in Frieden.

»Das gibt keine Gisela? Aber gibt das hier ...!«

Wilhelmine wendet den Kopf, der Ton ist ihr Befehl. »Was ... hast du da?«

Dann erkennt sie die Taube, sie schwingt vor ihrem Gesicht, nur in Gedanken greift sie danach, fühlt die Kettenglieder zwischen ihren Fingern, die Kanten der Flügel, so vertraut.

»Das ist von Gisela, stimmt es?«

Gisela. Zum Greifen nah. Hier und jetzt, vor ihren Augen. Wilhelmines Brust krampft.

Nie hatte sie ruhig sein können, die kleine Taube, war von einem Flügel auf den anderen gesprungen, vor dem Schlüsselbein hin und her. Das ganze Kind war unablässig in Bewegung gewesen, von einer kraftvollen, sehnigen Unruhe getrieben.

»Gisela ...« Wilhelmine sieht sie vor sich, am offenen Küchenfenster, die letzten Sonnenstrahlen vergolden die Häuserfront gegenüber. Eine Fensterscheibe reflektiert das Licht und schickt es in ihre Küche, ein unverhofftes, anachronistisches Licht, das auf ihren Haaren liegt und sie glänzen macht.

»Sie hat ... so schöne Haare gehabt. Wie du. Nur länger, viel länger.« Sie muss jedes Wort eine Weile anschauen, ehe sie es freigeben kann. Manchmal hat Wilhelmine die

Zöpfe wieder geöffnet, nur um sie noch einmal flechten und ihr dabei durchs Haar streichen zu können. Aber sie war immer so zappelig, ist aufgesprungen, ehe Wilhelmine fertig war, und dann mit wehenden Haaren davongelaufen.

Wilhelmine lauscht auf den Atem der anderen und spürt mit einem Mal, wie sehr sie dieses Geräusch enttäuscht. Muss sich eingestehen, dass da immer diese Hoffnung war, deren Sinnlosigkeit niemals ernsthaft zu ihr durchgedrungen ist. Die Hoffnung, es werde *ihre* Nähe sein, einmal nur noch, wenigstens ein einziges Mal.

»Sie …« Wilhelmine atmet lange. »Es war doch Krieg.« Sie hört sie schreien, quer durch die Wohnung: Mama! Komm! Ehe Wilhelmine sich umgedreht hat, kommt sie ihr schon entgegengestürzt, packt Wilhelmines Handgelenk und zerrt sie zum Erkerfenster, zeigt die Straße hinunter, weit raus Richtung Spandau, wo der Himmel rötlich leuchtet. Komm, wir gehen rauf, Mama, bitte …! Schon drängt sie zur Diele, stürmt aus der Wohnung und die Treppe hinauf, immer zwei Stufen auf einmal nehmend. Sie ist bereits im nächsten Stock angelangt, als Wilhelmine endlich ihre Starre verliert und hinterherläuft. Mit halboffenem Mund steht das Kind auf der obersten Stufe und starrt aus dem Giebelfenster. Mama! Wie schön!

Wie Abendrot hängt der Himmel über den Dächern, wie in einem schleppenden Tanz wabert die glutrote Luft auf und ab, jagt gelegentliche Funkenstöße wie ein Feuerwerk in die Nacht hinaus. Wilhelmines Blick geistert hin und her, sucht eine Brücke zu schlagen zwischen dem Anblick der von Brandbomben entzündeten Stadt und den in heller Aufruhr und Begeisterung leuchtenden Kinderaugen.

»Ich habe immer Angst um sie haben müssen. Sie war so … lebendig, hatte so viel Kraft. Nichts hat sie erschüttern können. Ach …« Wilhelmine versucht, sich zur Seite zu drehen. »Aus ihr wäre bestimmt etwas Besonderes …« Sie schweigt, liegt, tastet nach dem Wasserglas und spürt, wie die Russin ihr den Schnabelbecher an die Lippen hält. Wasser, in kleinen Schlucken, o Gott. »Nein!« Wilhelmine beißt sich auf die Lippen, schiebt die Hand mit dem Becher von sich, kein Wasser, nicht einen Schluck, nie wird sie den Geschmack vergessen, den Geschmack des letzten Schlucks, o nein …

»Gisela ist tot, ja?«

*

Nur ihr gelegentlich aufröchelnder Atem verrät das Leben, das noch in ihr steckt.

Jelisaweta könnte nicht sagen, wie lange sie schon so am Bett der alten Frau gesessen und ihr nach und nach einen halben Becher Wasser eingeflößt hat. Die Farben verschwinden, schweres, schweigendes Blau lagert sich auf Möbeln, Decke und Wänden ab und sucht die Zeit zu konservieren. Nur das feine Ticken des zierlichen goldenen Weckers auf dem Nachttisch ist manchmal zu hören, dann verstummt es für kurze Zeit, und die Lautlosigkeit dröhnt, als hielte man Watte auf die Ohren gepresst. Sie wird ihr entgleiten, diese alte Frau, wird vor ihren Augen zerfallen wie sprödes, brauntrockenes Laub. Jelisaweta stellt sich vor, wie es wäre, niemandem Bescheid zu sagen, sondern einfach hier sitzen zu bleiben, an diesem Bett, mit der faltigen Hand in ihrer, und darauf zu warten, dass die Alte langsam verweht. Und mit ihr die unheilvolle Geschichte jener Gisela, von der dann niemand mehr erfahren wird.

*

Ein Lastwagen fährt am Haus vorbei, ein kurzes Dröhnen, ein Rumpeln, dann ist es wieder still. Wilhelmine müht sich am Atem wie an zähem Brei. Bis zum letzten Treppenabsatz hat sie es geschafft, sich nur am Geländer festgehalten, und ist in die Knie gegangen, auf der untersten Stufe. *Gisela ist tot*, das war alles, was sie herausgebracht hat, *jemand muss sie beerdigen*. Die Worte haben ihr den Mund versengt, und als sie ausgesprochen waren, da wusste sie, dass sie die schlimmsten Worte ihres Lebens hinter sich hatte, dass sich alles, was sie fortan zu sagen hätte, kalt dagegen ausnähme. Erika ist gekommen, mit ihrem dicken Mutterbauch, Wilhelmine hätte schreien wollen, aber da war nichts mehr in ihr, alles nur leer. Dann kam die Schwiegermutter ins Treppenhaus. Erika hat sie am Arm zurückgehalten. »Hilde«, hat Erika ganz leise zu ihr gesagt, so leise, als dürfe Wilhelmine es nicht hören, »Hilde, Gisela ist tot.«

Da hat Wilhelmine der Mut verlassen. Wie hätte sie es ihr denn sagen sollen? Sie hat sich aufgerappelt und ist hinter den beiden her, in Hildes gute Stube, die Gardinen waren schon wieder an den Fenstern, staubiges Licht herrschte, die Frühlingssonne kam nicht richtig durch. Da saßen sie, Wilhelmine auf dem Stuhl neben der Türe, die anderen beiden auf dem Sofa, eine stumme Wand. Erika hatte die Hand auf Hildes Schulter liegen, Mörtel, damit Hilde nicht umfiele.

Erika hat angefangen, Fragen zu stellen, erst noch mitfühlend, dann immer barscher und eindringlicher, hat schließlich auf sie eingeschlagen mit ihren Fragen, und Wilhelmine wusste, dass es unaussprechlich ist, jetzt, wo kein Krieg mehr ist und wieder andere Regeln gelten. Sie haben es dann doch aus ihr herausgekriegt. Heulend hat Erika sich den Bauch gehalten und ist rausgelaufen.

»Du hast sie umgebracht!«, hat Hilde geschrien. »Mörderin! Das Mensch hat meine Gisela umgebracht!«

Wilhelmine nickt.

»Ich hab …« Sie hält die Worte wie ein Stück Holz in der Hand. »Ich hab sie … umgebracht.«

Keine spricht ein Wort. Nur ein sprachloses Flüstern ist es, das die Russin von sich gibt.

»Du hast –?«

Wieder nickt Wilhelmine, steigt über die Stufen hinab, sieht die Matratze, die Decke, in die sie sich eingehüllt hat, schaut sich um, sieht die Gesichter der Frauen, fratzenhaft im winzigen Licht der Petroleumlampe.

»Wir hatten nur noch Angst. Wir wussten, dass sie kommen, die Russen. Der Tod war der einzige Weg …« Wilhelmine wartet, schweigt, bis das Beben abebbt, dann nickt sie in die Dunkelheit. »Du kannst alles tun, solange du weißt, es gibt kein Danach. Wenn du dir keine Gedanken mehr darum machen musst, wem du Rechenschaft schuldest, dann hast du nur noch dich selbst. Und die Wahrheit. Aber es gibt mehr als eine Wahrheit. Es gibt die Wahrheit davor und die Wahrheit danach.«

»Wie hast du gemacht?«

»Wir ... haben Gift genommen. Alle.« Sie wiederholt es gleich einer Beschwörung. »Alle. Ach, wenn sie nur bei der Oma Hilde gewesen wäre, dann wäre sie am Leben geblieben und ich ... Sie ist immer gerne zu ihr gegangen ...« Unvermittelt taucht das Bild des Hinterhofs auf, wie gekämmt liegen Gemüsebeete zwischen den Häuserwänden, unter der Quitte der Hühnerstall, vor dem Truthahn ist sie davongelaufen, als sie klein war, vor dem hatte sie Angst.

»Ich hab sie nicht zu ihr gelassen. Ich wollte sie bei mir haben, man wusste ja nie, was passiert ... Dabei wollte sie immer raus, ach, Mama, hat sie gesagt, sorg dich nicht so, ich bin schneller als jedes Geschoss. Darüber hat sie gelacht.«

Sie rennt über das Trottoir, den ganzen Block entlang, erst an der Ecke bleibt sie lachend stehen. Wie auf Stelzen sitzt ihr Rumpf auf den Beinen, die Arme schlackern um den Leib, alles viel zu lang, denkt Wilhelmine und atmet tief. Hellwach ist Wilhelmine, obwohl es finster ist, ganz so, als hielte die Zeit an, als hätte die Müdigkeit keinen Zugriff mehr.

»Als das anfing mit den Sonderzuteilungen und sie mit Zucker und Butter ankam, da hat der alte Herr Zielen gleich gesagt, jetzt geht es los, jetzt kriegen wir die letzten Reste und dann Licht aus.

Ich hab ihr verboten, rauszugehen. Wir mussten ja sowieso ständig in den Keller, und ich wusste, wenn ich sie gehen lasse, kommt sie vielleicht nicht mehr zurück.

Zum Schluss kamen die Angriffe ohne Fliegeralarm. Ohne jede Vorwarnung. Da sind wir überhaupt nicht mehr raus aus dem Keller, haben unsere Matratzen und Betten runtergeschafft und unsere Koffer. Das ganze Haus, die Frau aus dem zweiten Stock, Damert oder Davert hat sie geheißen. Mit ihrer Tochter, die war schwanger.« Und plötzlich erinnert sich Wilhelmine wieder an das Gesicht der Frau, prall und rund, wie aufgeschwemmt. Ein Geburtsgesicht, hat eine gesagt, und Wilhelmine hat gehofft, dass es noch nicht so weit sein sollte. So sinnlos erschien ihr das Kinderkriegen in diesem Moment. Geboren werden, um zu sterben, was für ein Irrwitz.

»Wer ist in Keller gegangen …?«

»Was?« Wilhelmine schreckt auf. »Ja. Alle. Alle aus dem Haus. Und der alte Herr Zielen aus der Apotheke unten, ja, der natürlich. Mein Gott.« Sie starrt nach oben, dorthin, wo die Straßenlaterne ihre Lichtstreifen malt, und reibt das Laken zwischen ihren Fingern. Ihr ist kalt.

»Sie wollte immer rauf. Ich muss den Himmel sehen, Mama, hat sie gesagt, nur mal eben den Himmel sehen. Manchmal ist sie ausgerissen und kam mit irgendetwas wieder, das sie aus der Wohnung geholt hatte. Schreibpapier oder ein Kartenspiel. Sie hat mit allen gespielt. Stadt–Land–Fluss und Rommé …«

Ihr helles Kinderlachen tanzt wie ein verirrter Vogel durch den Keller, und für einen winzigen Augenblick dringt, für alle spürbar, der Abglanz jener Leichtigkeit durch die Luft, die unter den Trümmern draußen begraben ist, für alle Zeit, wie Wilhelmine scheint. Es hat etwas Obszönes, dieses Lachen, und Wilhelmine schickt einen mahnenden Blick. Sie entgegnet ihr mit einem

Murren, legt die Spielkarten zur Seite und geht auf die Treppe zu. Nicht, ruft Wilhelmine. »Geh nicht!« Sie will hochschnellen, und doch es ist kaum mehr als ein Ruck, der durch ihren Köper geht, atemlos greift sie nach der Hand an ihrer Seite.

»Nein. Ich wollte nicht, dass sie raufgeht. Schon gar nicht, wenn wieder ein Angriff vorüber war und keiner wusste, wie es oben aussieht. Ich wollte nicht, dass sie das sieht, verstehst du? Ich wollte doch nur, dass sie heil und ganz bleibt, nicht so wie das alles da draußen ...«

Wilhelmine hält inne, sucht das Gesicht des Mädchens und spürt Erleichterung, weil die Dunkelheit beinahe alles verschluckt. Sie schließt die Augen, öffnet sie, es macht kaum einen Unterschied.

»Willst du?«

Wilhelmines Kopfkissen hebt sich, sanft, wie im Krankenhaus, wenn einer das Bett verstellt. Sie fühlt den harten Schnabel der Tasse an ihrem Mund, schließt die Lippen darum, trinkt, winkt wieder ab und dreht den Kopf zur Seite. Wie ein Netz liegt die Nacht über allem, verwebt Zeiten und Orte, bis nur einer bleibt. Alles ist eins.

»Vielleicht ...« Sie zögert, ehe sie ihn ausspricht, diesen unaussprechlichen Gedanken, flüstert und hört dennoch den Hall ihrer Stimme im Raum. »Vielleicht hätte sie es überleben können, weißt du? Sie war so ein starkes Mädchen, so ein starker Mensch, so viel stärker als ich, aber das habe ich damals nicht begriffen ...« Wieder hält sie inne, es ist gleich, wie lange, die Zeit hat keine Bedeutung mehr.

»Später, da habe ich manchmal gedacht ...« Wilhelmine schluckt mit aller Entschlossenheit an den Tränen, die ihr die Worte in der Kehle zu bannen suchen. Worte, die sie niemals gesprochen hat. »Vielleicht, wenn man sie gefragt hätte, wenn man ihr eine Wahl gelassen hätte.« Wilhelmine atmet tief. »Wenn ich ihr eine Wahl gelassen hätte …

Vielleicht hätte sie lieber leben wollen. Aber sie war doch noch so klein, so unversehrt. Sie hat doch in meinem Arm gelegen und den Kopf unter meinen Mantel gesteckt, wenn es wieder losging und der ganze Keller gezittert hat. Wie hätte sie da überleben können, wenn einer … Dann habe ich immer gehofft, dass die Bomben uns treffen, dass das ganze Haus zusammenfällt und uns alle und den ganzen Keller begräbt. Dass es schnell vorbei ist, das habe ich mir gewünscht. Kannst du dir das vorstellen? Ach was, nein.« Unvermittelt nimmt sie ihre Hand von der warmen Russenhand und winkt ab, ehe sie von neuem beginnt, das Betttuch zu kneten.

»Das wäre der leichtere Tod gewesen, leichter als der, den die russischen Schweine uns beschert hätten. Und schneller.«

Wilhelmine kann hören, wie das Mädchen sich strafft. Es kommt lange kein Wort von ihr, bis ihr Ton hart in das Schweigen schneidet. »So ja? Russische Soldaten haben deutsche Frauen alle geschandet, ja?«

»Ach, hör auf! Ich weiß doch, wie die gewütet haben, diese Bluthunde. Abgeschlachtet haben sie alle, die ihnen in den Weg kamen. Alte, junge, alle! Wir haben doch die Bilder gesehen. Ein Keller voller Frauen, was meinst du, was die mit uns gemacht hätten? Mit IHR!«

Die Matratze schwankt, als das Mädchen aufspringt. »Und? Was? Glaubst du, deutsche Soldaten sind besser als russische? Ja?«

»Wenn die Russen nicht gewesen wären, wäre Gisela am Leben geblieben!«

»Aber – hast *du* sie umgebracht.« Sie hat die Worte nur gezischt.

Wilhelmine greift sich an den Hals. Sie hört die Schritte des Mädchens, hört das Türblatt schaben und die Tür vom grünen Zimmer ins Schloss schlagen. Dann ist es still bis auf das Rauschen in Wilhelmines Ohren. »Nein, bleib«, flüstert sie, doch sie weiß, dass die andere es nicht mehr gehört hat.

*

Ohne den Reißverschluss zu öffnen, zerrt Jelisaweta sich die Sweatshirtjacke über den Kopf, wirft sie, wie sie ist, auf den Boden, irgendwohin. Sie gräbt sich in ihr Bett, versucht, die Decke in die rechte Position zu bringen, doch je mehr sie daran zieht, desto weiter knäult sich das Inlett zusammen, bis ihre Schulter nur mehr vom leeren Bezug bedeckt ist.

Jelisaweta schließt die Augen und trotzt nach dem Schlaf, der nicht kommen wird, hellwach, als stünde sie auf einem mittagshellen Platz.

»Prokljataja fignja!« Mit beiden Beinen strampelt sie gegen den Wulst an, den die zusammengeballte Decke im Bezug bildet, schleudert schließlich alles von sich und steigt aus dem Bett, stapft zum Fenster, das in einer winzigen Gaube gefangen liegt, und starrt hinaus. Der Garten hinter dem Haus ist dunkel, und die Nacht hat alle Schatten verschluckt.

Staraja Mestnostsch. Warum fällt ihr ausgerechnet jetzt Staraja Mestnostsch ein? Die seltsam schwere Mittagsluft, die über dem Ort lag, der Staub, der von der Straße aufstieg und den sie jetzt beinahe schmecken kann. Und schemenhaft, wie in einem farblosen Traum, sieht sie unten im Garten, zwischen den knospenden Apfelbäumen, das junge Mädchen knien, das auf dem Feld Kartoffeln aufgesammelt hatte. Jelisaweta setzt ein Knie auf den Korbstuhl, der unter dem Fenster steht, und lehnt die Stirn gegen das Fensterglas. Mittagslicht fällt auf den Acker, das Mädchen hat die Schürze gerafft, birgt die Knollen darin, an denen die Erdbrocken noch wie Schalen kleben. Plötzlich ein Ruf, das Mädchen sieht auf, hält Ausschau nach der Gefährtin, die ein Stück weiter in der Erde gegraben hat, doch die steht längst am Feldrand und rudert wild mit den Armen. Von der gegenüberliegenden Seite des Ackers, vom Waldrand, nähern sich drei Männer, sie tragen Uniformen und Gewehre, mit den Kolben stoßen sie zwei weitere Männer vor sich her, deren Hände hinter dem Rücken verschwinden.

Sie hört die Rufe der Männer, fremde Stimmen, eine fremde Sprache, die sie nicht versteht, sieht, wie sie näher kommen, immer die beiden Gefesselten vor sich hertreibend.

Dann fällt ein Schatten auf die junge Frau, verdreckte Stiefel, zerschlissene Hosen, und die Gewehre sind jetzt ganz nah. Die Soldaten reden auf sie ein, einer fängt an zu lachen und bedeutet ihr, mit nach oben gewandten Handflächen, aufzustehen. Doch sie kniet reglos in ihrer

Furche und starrt auf die Gewehre, in die Gesichter voller Schmutz. Die beiden Gefesselten sind Männer aus dem Dorf. Einer der Soldaten stößt mit dem Gewehr nach ihnen, kommt dann zu ihr, ganz nah, lacht, drängt ihr mit wiegender Bewegung seinen Schoß vor das Gesicht, greift in ihre Nackenhaare, reißt ihren Kopf nach hinten, dass sie in den Himmel schaut, sagt etwas und spuckt.

Unendlich langsam rinnt der warme Speichel unter ihrem Auge entlang, über die Wange, droht, ihren Mundwinkel zu streifen. Der Soldat lacht wieder, lässt sie los, macht einen Schritt zur Seite und wirft seinem Kumpan das Gewehr zu, die Uniformjacke, reißt an seiner Hose, rammt ihr das Knie in den Leib und stößt mit der Faust gegen ihre Schulter, dass sie umkippt und in den Acker fällt. Wie ein Baby zieht sie die Knie an, greift mit den Händen darum, rollt sich zur Seite.

»Bitte, lasst mich«, wimmert sie, leise, als wüsste sie, dass ihre Worte kein Gewicht haben.

Der Soldat ist jetzt über ihr, zerrt ihr am Rock, erstickt ihr das Wort in der Kehle. Seine Hände drücken ihre Schenkel auseinander, heben ihre Beine in die Luft wie bei einem Karnickel, das ausgeweidet werden soll, bis er schließlich zustößt, sich in sie rammt, wieder und wieder.

»Nein!«

Staraja Mestnostsch. Niemals hat Babka von Staraja Mestnostsch gesprochen, niemals von ihrer Heimat erzählt. Und jede Nachfrage, die Jelisaweta zögernd an die Mutter gerichtet hatte, wurde ignoriert, als hätte Jelisaweta nach etwas so Verbotenem wie einem Sommerkleid gefragt.

Niemals hätte jemand zu ihr gesagt: »*Das* haben sie mit deiner Babka gemacht. *Das* haben sie ihr angetan.«

Mit dem Fuß angelt Jelisaweta nach der Sweatshirtjacke. Was, wenn es wirklich so passiert wäre? Wenn deutsche Soldaten über die Babka, über ihre Babuschka, ihre Babulja, hergefallen wären und die Männer des Dorfes dabei hätten zuschauen müssen?

Wenn die alte Frau, der Jelisaweta seinerzeit in Staraja Mestnostsch begegnet ist, all das miterlebt hätte und doch nicht hätte helfen können?

Und was hätte sein können, wenn das nicht passiert wäre?

Die Straßenlaternen sind lange wieder aufgeflammt, als die Klinke des grünen Zimmers behutsam herabgedrückt wird, leise Tritte im Korridor zu hören sind und ein Schatten sich ins Zimmer schiebt. Das Mädchen verharrt, mit vorgebeugtem Oberkörper, wie eine Mutter, die nach dem schlafenden Kind sieht, und wie damals gibt Wilhelmine ein leises Schnaufen von sich und reibt über die Bettdecke.

Zögernd kommt die Russin näher und bleibt vor dem Bett stehen, bis Wilhelmine die Decke von der Bettkante zieht. Das Mädchen setzt sich, lange liegt nichts als Schweigen im Zimmer, bis die Worte sich wieder in Wilhelmine formen.

»Ich wollte nicht, dass es damit anfängt. Das wäre kein Anfang gewesen, sondern ein Ende. Das hat sie nicht verdient, so ein Ende, hörst du? Sie war doch noch ein Kind!«

»Ist ja gut …« Eine Hand legt sich weich auf Wilhelmines Stirn, streicht über ihre Wange. »Musst du nicht erzählen, wenn du nicht willst.«

Wilhelmine nickt in die Dunkelheit hinein, tastet durch die Räume ihrer Erinnerung wie durch ein lange verlassenes Haus, streicht über Türen, befühlt die Wände und spürt, dass die Dunkelheit ihr nichts mehr anhaben kann, spürt überrascht, dass die Gespenster, die dort wohnten, längst versteinert sind und zu Staub zerfallen, sobald man sie berührt.

Alles ist eins.

»Wenn wir nur bei der Oma gewesen wären …« Aber da konnte Wilhelmine nie lange bleiben, nach Josefs Tod nicht mehr. Von dem Tag an, als die Nachricht von Josefs Tod sie erreichte, war mit Josefs Mutter kein Auskommen mehr. Sie hat ihre Trauer wie eine Monstranz vor sich hergetragen und Wilhelmines darüber vollkommen ignoriert, dabei war er doch Wilhelmines Mann gewesen, der Vater ihres Kindes. »Ja, wer weiß, vielleicht hätten wir zu ihr gehen sollen oder in den Bunker, irgendwohin, nur nicht in diesem Keller bleiben …«

Wie ein Schmerz fährt ihr der Gedanke durch den Leib, dieser immer versagte Gedanke, was gewesen wäre. Sie sieht die Gesichter vor sich, ein stummer Zirkel der Geeinten, nur ein schwacher Triumph liegt in diesem Verrat.

»Alle haben es gemacht. Hörst du? Alle. Niemand wäre auf die Idee gekommen, nein zu sagen. Das ging doch gar nicht. Und ich hab auch nur an die Erlösung gedacht. An den Ausweg, an alles das, was wir nicht würden erleben müssen. Was sie nicht würde erleben müssen, wenn sie kommen.« Ihr Äußeres zittert, aber in sich fühlt Wilhelmine eine sonderbare Ruhe, als hätte ein Sturm sich vor der Zeit gelegt.

»Wenn sie kommen? Russische Soldaten?«

Wilhelmine nickt. »Gisela wäre doch die Erste gewesen. Sie war so jung und ... Und wir Frauen alle, da war nur der alte Herr Zielen, der Apotheker ...« Das ist ein so feiner Herr gewesen, immer korrekt. Schweigsam und korrekt. Ein stilles Wasser war das, ja. »Von Würde hat er geredet, ich habe gar nicht sofort begriffen, was er meinte. Aber dann war es, als hätte er eine Tür geöffnet, die vorher nicht da gewesen war, und ich war mit einem Mal so erleichtert, so unendlich befreit.«

Wie eingebrannt ist das Bild der blauen Verbandsdose mit dem Pulver darin. Wilhelmine sieht sie alle dort sitzen, die Frauen, alt und jung, im dünnen Licht, und eine nach der anderen nickt. Nur die Schwangere ist weg, die hat sich schon ein paar Tage zuvor in den Bunker geflüchtet.

Herr Zielen deutet mit dem Kopf auf Gisela und sieht Wilhelmine fragend an. Diesen Blick hat sie ihr Lebtag nicht vergessen. Diesen Moment, den sie zögert, während sie auf das schlafende Kind hinuntersieht und sich alles in ihr zusammenschnürt. Diesen Moment, in dem sie nickt und sofort weiß, dass sie ihre ganze Liebe von jetzt auf gleich vertrocknen lassen muss, um das überhaupt fertigzubringen.

Dumpfes Grollen aus der Ferne, als sie Gisela weckt. Kaum findet sie die Worte. Warum, Mama? Ich brauch doch kein Schlafmittel, ich schlaf doch schon, aber das Kind ist wohl zu müde, um darüber nachzudenken.

Wilhelmines Hand zittert, sie kann die Dose und den Löffel kaum halten. Angewidert verzieht Gisela das Gesicht, sieht müde zu ihr auf und trinkt gierig, wischt sich den Mund am Ärmel und rollt sich wieder auf ihrem Lager zurecht. Und plötzlich ist Wilhelmine, als wäre alles in ihr klar und gläsern, kalt wie Metall. Nichts ist mehr von Belang als dieser Augenblick, in dem sie sich über sie beugt, sie küsst und die Wärme ihres Atems, ihrer Wange spürt, durch ihr Haar greift und das dünne Kettchen im Nacken spürt. Schlaf, meine Taube, schlaf.

Wilhelmine ist die Letzte, es ist nur noch ein Rest in der Wasserflasche, sie bringt das trockene, gallebittere Zeug kaum hinunter, sammelt Spucke und schluckt, schluckt immer wieder und wendet sich schnell um, als Frau Bollow sich krümmt, sieht nur zu Gisela und ist so unendlich froh, dass sie ganz ruhig daliegt, wie vorher. Sie streichelt ihr über den Kopf, legt sich neben sie und hüllt sie ganz in ihren Arm.

»Und dann hab ich noch an das Leben gedacht, dass wir nie leben würden, und an den Magnolienbaum im Nachbarhof, den man vom Küchenfenster aus sehen konnte. Als ich ihn das letzte Mal gesehen hatte, waren die Knospen schon ganz dick gewesen, wie zum Platzen. Ich konnte nur noch an diesen Baum denken und an die Blüten, ob sie schon aufgegangen waren, und dass ich sie nun nie mehr sehen würde.«

Sie schnauft mit geschlossenen Augen, ihre Hand hält die Bettdecke umkrampft. Schwerfällig reibt sie das Tuch zwischen Daumen und Zeigefinger.

»Und was …? Und du?« Das Mädchen dehnt die Worte, als wären es Blicke.

»Ich … ich weiß es nicht. Irgendwann bin ich aufgewacht, draußen, im Hof vom Nachbarhaus. Unter der Magnolie. Zuerst hab ich gedacht, ich bin im Himmel, als ich die Blüten gesehen habe. Aber dann … Da war die Kette in meiner Hand …«

Wilhelmine hört den Atem des Mädchens, er geht schwerer noch als ihr eigener.

»Und … Russen?«

»Nein.«

Erst jetzt, als das Mädchen sich erhebt, wird Wilhelmine bewusst, dass sie die ganze Zeit über auf ihrem Bett gesessen hat. Sie hört sie die Wasserflasche aufschrauben, eingießen, hört das Klicken des Glases, als es schließlich auf die Glasplatte des Nachttischs zurückgestellt wird. Wilhelmine sieht ihre Silhouette wie einen Scherenschnitt vor dem Dämmerlicht und fragt sich, ob es tagt oder noch Abend ist, hat sie geschlafen? Und sie merkt, dass es ihr gleich ist, dass es keine Nacht mehr zu fürchten gibt. Die Welt ist weicher geworden. Die Gespenster sind fort.

*

Jelisaweta steht eine Weile neben dem Bett. Als sie spürt, dass sie Halt braucht, lässt sie sich auf den Stuhl zwischen Schrank und Fenster gleiten und lehnt sich an das dunkle Holz. Ihre Stimme ist leise, nimmt dennoch den ganzen Raum ein.

»Hat sie Stärke bestimmt von dir gehabt. Ich meine, kann man nie wissen, was passiert.« Sie denkt an Babka, deren Blick immer ein winziges bisschen gesenkt war, was ihr etwas Verschlagenes gab, sobald sie unvermittelt aufsah. Sie denkt an Mama mit ihrem verschreckten Hundeblick und strafft unwillkürlich den Rücken. Was wäre gewesen, wenn?

»Hast du ihr vielleicht kaputtes Leben gespart, kto snajet, wer weiß. Vielleicht hast du richtig gemacht.«

Karin Hübner fällt ihr ein, Karin und Dieter. »Hast du Karin nie gesagt, dass du Tochter hast?«

Sie wartet, doch Frau Hennemann antwortet nicht, vielleicht hat sie genickt oder den Kopf geschüttelt, Jelisaweta wagt nicht, noch einmal zu fragen. Erst nach einer Weile hört sie die Alte leise schnarchen und bemerkt, dass ganz allmählich Licht in den Raum dringt, noch ohne ihm Farbe zu geben. Jelisaweta spürt mit einem Mal die Müdigkeit der durchwachten Nacht wie einen Schmerz. Behutsam schiebt sie den Vorhang zur Seite, öffnet die Balkontür und tritt hinaus in die noch kühle Morgenluft.